Heinrich Fielding

Die Liebe unter verschiedenen Larven

Heinrich Fielding

Die Liebe unter verschiedenen Larven

ISBN/EAN: 9783743675216

Hergestellt in Europa, USA, Kanada, Australien, Japan

Cover: Foto ©Andreas Hilbeck / pixelio.de

Weitere Bücher finden Sie auf **www.hansebooks.com**

Die
Liebe
unter verschiedenen Larven.
Ein
Schauspiel,
Von
Heinrich Fielding, Esq.

Strasburg,

bey Franz Levrault, der königlichen Intendänz und
Bischöflichen Universität Buchdr. 1782.

Mit Erlaubniß der Obern,

Personen.

Weiserer.

Merital.

Malvil.

Lord Formal.

Rossel.

Sir Falle.

Sir Lanstong.

Frauenzimmer.

Lady Sanspareil.

Vermilia.

Helena.

Lady Falle.

Haschés.

Die Scene ist in London.

Die Liebe
ünter verschiedenen Larven.

Erste Handlung.

Erster Auftritt.
Merital. Malvil.

Merital.

Guten Morgen, Malvil! Ich glaubte, daß der Geist des Champagners heute Morgen Deinen Schlaf verlängert habe.

Malvil. Nein, ein anderer Geist beunruhiget meine Seele. Ein unglücklicher Liebhaber, der ruhig schläft, ist eben so selten, als überhaupt ein Liebhaber, der seine gesunde Vernunft behält.

Merital. Das ist ein dummes Gleichniß! Was giebt uns das Leben? Was für Freuden, was für Entzückungen, die nicht aus der Quelle der Liebe fließen? Die Geburt der Liebe ist die Geburt der Glückseligkeit, ja des Lebens selbst. Ohne Liebe zu athmen heißt ein dummes, kaltes unempfindsames Daseyn fortschleppen, und unvollkommen im Schooße der Natur liegen.

Malvil. Woher all der Galimathias, das hochtrabende Zeug, der Bombast?

Merital. Hast Du gestern Abend die Lady Sanspareill. nicht gesehen? In was für Entzückungen geriethen nicht alle, die sie anschauten — auch so gar in der Entfernung!

Malvil. Eine schöne, reiche, junge Wittwe in einer Frontloge macht eben so viel Aufsehen, wie ein Komet am Himmel; zieht eben so viel Augen auf sich, und wird in der politischen Welt eben so viel kritisirt, als ein Komet in der gelehrten. Mit was für neidischen Bliken bestürmte sie der ganze Kreis der Schönen! und mit was für verliebten die Herren Eigenthümer der Toupees, Dosen und Degenbänder!

Merital. Und doch konnte das alles sie im geringsten nicht stolz machen. Sie schien weder den Neid der einen, noch die Bewunderung der

andern wahrzunehmen. O, jene anſtändige Sittſamkeit in ihren Augen! die liebenswürdige Sanftmuth
in ihrem Lächeln! das Edle, Ungezwungene in
ihren Bliken! kurz, der ganze vollkommene Reiz
in ihrer Perſon. — O, ſo eine Frau ſtiftet mehr
Unheil unter Leuten von Verſtande —

Malvil. Als einige Stutzer unter Frauenzimmer, das keinen hat — Allein Du ſprichſt ſo gefühl-
voll — bald ſollte ich hier Unheil vermuthen.

(Er legt ihm die Hand auf die Bruſt.)

Merital. Ha, dieſe Feſtung iſt dem Geſchöße
eines ſchönen Auges nicht unüberwindlich; allein
ein gewiſſes ſchönes, junges und reiches Mädchen
hält da Schildwache!

Malvil. Ha, das muß in der That ein Komet
ſeyn! Wo wohnt ſie, oder vielmehr, wo wird ſie
verehrt, und in welcher Straße iſt ihr Tempel?

Merital. Ich habe ſie beſchrieben, und mein
Gemählde iſt doch wohl ſo ſchlecht nicht, daß ich
ihren Namen darunter ſetzen muß.

Malvil. Allein es iſt ſo ſchön, daß mir bange
iſt, Du habeſt bey der Zeichnung nicht die Natur
zum Muſter genommen.

Merital. Du willſt immer über das Frauen-

A 2

zimmer satyrisiren; laß das bleiben: der Name
eines bösartigen Witzlings wird Dir schwerlich den
Verlust ihrer Gunst ersetzen. Wer würde nicht ein
ein liebevolles Lächeln eines schönen Gesichts —

Malvil. Dem Sauersehen eines häßlichen vorziehen! — Aber habe ich denn diese Unschätzbare
nie gesehen?

Merital. Nein; die Sonne selbst hat sie nie
anders gesehen, als durch ein Fenster: sie wird
so eingeschlossen gehalten, wie ein eifersüchtiger
Spanier seine Frau hält; oder wie ein Wucherer
seinen Schatz verbirgt. So eben hat man sie zur
Stadt gebracht, um sie mit jenem bunten Ritter,
Sir Lanstong zu verheyrathen.

Malvil. Du hast also einen Nebenbuhler?
Das ist eine Schwierigkeit.

Merital. Ja, und so viele Schwierigkeiten,
die in der Liebe doch nur so viele Reizungen sind:
Zuerst, des jungen Mädchens Vormund, Sir
Falle, ein närrischer Ritter, der aus Geiz, Thorheit, und mürrischer Laune zusammengesetzt ist,
und ganz närrisch fantastisch stolz auf das Alterthum seiner Familie hält, unter welche er die mehrsten großen Männer zählt, von denen er reden

gehört. Die zwote, ist seine Frau, die seine un-
umschränkte Kaiserinn ist: denn so närrisch er gegen
alle übrigen, eben so höflich und leichtgläubig ist
er gegen seine Frau.

Malvil. Und sie gewiß eben so höflich gegen alle
übrigen, als sie gebieterisch gegen ihn ist.

Merital. Weiter, meine Geliebte, die natürlichen Verstand, Witz und Feuer besitzt, und alle
diese Eigenschaften durch Komödien, Gedichte,
Romanen und dergleichen Schriften angebauet
und verbessert hat, und folglich die große Welt
vollkommen kennt, ohne sie gesehen zu haben; sie
wußte die Einschränkung ihrer Person zur Erwei-
terung ihres Verstandes anzuwenden Die lezte
Schwierigkeit ist mein Mitbuhler, welchen Du
schon kennest. Dies sind meine Hindernisse.

Malvil. Was macht denn der alte Ritter für
Einwendungen wider Deine Ansprüche.

Merital. Verschiedene. Mein Vermögen ist zu
geringe, mein Vater war kein Baronet, und kurz,
ich bin kein — Narr.

Malvil. Wichtige Einwendungen in der That!
Um die erste auszuweichen, mußt Du seinen Sachwalter bestechen; die zwote zu überwinden, kaufe

Dir einen Titel ; und um die dritte zu vernichten, spiele den Liebhaber.

Merital. Dein Rath ist gütig genug. Was wirst Du aber bey der Vermilia damit gewinnen, daß Du den Liebhaber spielst?

Malvil. Ach ! mit unsrer Sache steht's so mißlich aus, wie mit einem alten Proceß : zieht man's noch ferner in die Länge, so wird man meinen Vorrath von Liebe so sehr erschöpfen, daß ich einem strittigen Erben gleichen werde, der sein Vermögen verzehrt, indem er es zu erlangen sucht ; und wenn endlich sein streitsüchtiger Gegner über den Haufen geworfen ist, findet, daß sein ganzer Gewinnst eine lange Advokaten - Rechnung ist, die er nicht bezahlen kann.

Merital. Allein Euer Schicksal ist doch verschieden : der Erbe wird verdammt, im Kerker zu verhungern, der Liebhaber aber, sich am Ehestand einen Ekel zu fressen. Jedoch, nach allem, was ich sehe, laufst Du eben keine Gefahr, die Sache zum Ausgange zu bringen.

Malvil. Hast Du was gesehen ? Vielleicht hast Du das entdeckt, was ihre letztliche Kaltsinnigkeit mich befürchten läßt.

Merital. Was denn?

Malvil. Einen Nebenbuhler.

Merital. Ha, ha, ha! Du biſt gewiß der unglücklichſte Menſch in Deiner Gemüthsart, und am meiſten Dein eigener Feind. Sey verſichert, Hans, wenn nach allem, was zwiſchen Euch vorgegangen iſt, nach ſo langen Dienſten, nach ſo vielen ſcheinbaren Beweiſen der aufrichtigſten Liebe gegen ſie, und nachdem ſie alles dieſes öffentlich angenommen hat, wenn ſie Dich doch noch hin-tergeht, — nun ſo befreyt ſie Dich von der größ-ten Peſt in der Natur.

Malvil. Zum Henker! wenn ich ſo kaltblütig mit mir ſelbſt vernünſteln könnte, ich würde auch ſo denken; aber meine Liebe hat ſich meiner Vernunft bemeiſtert. Ich ſehe deutlich meine Thorheit, ich verabſcheue ſie; aber ich kann ſie nicht vermeiden.

Merital. Nun Du gehörſt an die Spitze der romantiſchen Liebhaber. Ich, für mein Theil, möchte eben ſo lieb ein Alchymiſt werden und den Stein der Weiſen ſuchen, als ſo ein Liebhaber ſeyn, der über Hals und Kopf einem Irrwiſch nachlauft, der immer ſchneller fliehet, je mehr man ihn verfolget.

Malvil. Das sind bekannte Gedanken der leicht-
sinnigen und flatterhaften Bursche, die, wie die
Wetterhähne, ehe nicht nach einer Gegend zu
stehen bleiben, bis sie zu nichts mehr nütze sind.

Merital. Und Ihr Platonischen Liebhaber seyd
nie der Kompaß, Ihr zeiget immer auf den nemlichen Pol, berührt ihn aber nie.

Malvil. Und Ihr seyd eine Art von Jäger,
die in ein einem Walde voll Gefallsüchtigen jagen;
die Menge ist so groß, daß Ihr immer frisches
Wild aufsprengt, ehe das alte erlegt ist.

Merital. Und Ihr seyd eine Art Fischer, Ihr
angelt immer nach Spröden, die Euch, ohne den
Angel zu verschlucken, ganz behende Eure Lock-
speise wegstehlen und ihre Eitelkeit damit auf-
putzen.

Malvil. Hast Du denn etwas in Vermilia's
Betragen entdeckt, das = =

Merital, Das mich versichert, daß Du sie nie
gewinnen wirst; ich rathe dir also die Belagerung
aufzuheben, denn die Besazung mußt Du mit Sturm
erobern, und dazu hast Du in der Liebe nicht
Herz genug = = Ha! siehe! ist das nicht Weiserer?

Zwenter Auftritt.

Weiſerer. Die Vorigen.

Weiſerer. Herr Merital, Herr Malvil, Ihr unterthänigſter Diener; ich bin ſehr glücklich, daß ich gleich bey meiner erſten Ankunſt meine Freunde umarmen kann.

Malvil. Tauſendmal willkommen, mein liebſter Weiſerer; was für ein günſtiger Wind hat Sie in die Stadt getrieben?

Weiſerer. Kein Wind, der meinen Neigungen günſtig wäre, ich verſichere Sie, meine Herren; ich hatte längſt von dieſem Orte Abſchied genommen, von allen ſeinen Eitelkeiten, von dem ewigen Wurmeln nichtsbedeutender Geſchäfte, von den leeren, ungeordneten Luſtbarkeiten, die nur die Sinne rühren.

Merital. Itzt haben Sie vermuthlich Ihren Irrthum eingeſehen, und ſind wie eine bereuende Nonne, die die Welt zu unüberlegt verlaſſen hatte, wieder zurück gekommen, um ihre Vergnügungen aufs neue zu genießen.

Weiſerer. Nein, meine Herren! Geſchäfte, Geſchäfte ſind's, die mich hieher bringen; meine

Vergnügungen liegen auf einem ganz andern Wege, ein Weg, der Euch Stadtherren wenig bekannt ist.

Malvil. Eben nicht so wenig, wie Sie wohl glauben: man denkt nicht, daß Sie diese letzten drey Jahre ohne Gesellschaft auf dem Lande zugebracht haben. Es ist gar kein Geheimniß, daß Sie den Umgang der **

Weiserer. Der Weisen, der Gelehrten, der Tugendhaften ** ja, den habe ich genossen. Bücher sind die meiste Zeit meine Gesellschafter, ich ziehe sie allen andern Mode=Zeitvertreiben vor. Wer möchte sich mit Narren und Gecken unterhalten, wenn er einen Cicero oder Epiktet, einen Plato oder Aristoteles um sich haben kann? Wer möchte seinen Nachmittag in Kaffeehäusern, oder am Theetisch zubringen, um sich mit Lästerungen, Lügen, Bällen, Opern, Intriguen, Moden Schmeicheleyen, Unsinn, und allem dem Zeug unterhalten zu lassen, wovon immer und ewig das gemeine Gespräch ist? Wer würde das alles dulden, wenn er die Süßigkeiten eines einsamen Lebens kennte?

Merital. Lassen Sie sich doch ein wenig beseßen

damit ich gewiß ſeye, daß Sie noch mein alter metamorphoſirter Freund und keine Erſcheinung ſind.

Weiſerer. Hören Sie, meine Herren: unter allen Plätzen in der Welt würde mein abgeſchie‐dener Geiſt dieſen nie beſuchen. Die Stadt Lon‐don iſt mir, was das Land einem muntern, leicht‐ſinnigen Mädchen iſt, die aus Begierde bewun‐dert zu werden, ſich aufgeputzt hat; oder was es einem jungen Erben iſt, der ſo eben in ſein Ver‐mögen und in ſeine Kutſche ſpringt. Die Stadt iſt eine Buhlerin, deren Unvollkommenheiten ich entdeckt, und ſie deshalben verabſchiedet habe. Ich kenne ſie; ich habe alle ihre Auftritte mit an‐geſehen; ich habe geſehen, daß Heuchelei für Re‐ligion gilt, Raſerei für geſunden Verſtand, Lär‐men und grobe Poſſen für Witz, und Reichthum für alle Tugenden. Ferner habe ich geſehen, daß die Thorheit ihrer Jugend und Schönheit wegen geliebt, und ihres Alters wegen mit Ehrfurcht begegnet worden. Ich habe die Schelmerei unter mehr Geſtalten entdeckt, als Promotheus hatte, ich bin ihr durch alles gefolgt, und habe ſie end‐lich hinter einem Zahltiſche ſtehen laſſen, mit der

Bankerott = Acte in der Hand , und ein paar vergoldeten Hörnern in der Tasche.

Merital. ⎱
Malvil. ⎰ Ha, ha, ha!

Weiserer. Ich kenne das Thörichte, Läppische und Kindische Euerer Belustigungen · · ich kenne auch Euere Laster.

Malvil. Und haben Sie auch ausgeübt, so viel ich weis.

Weiserer. Desto mehr hasse ich sie izt. Zum Henker, wenn ich nicht in drey Tagen aus der Stadt bin, so bin ich aus der Welt.

Merital. Was für ein wichtiges Geschäfte hat Sie denn, wider Ihren Willen, hieher getrieben?

Malvil. Er ist verheyrathet, seine Frau hat ihn hieher geschleppt, und er ist eifersüchtig.

Merital. Oder haben Sie Processe , und hat Sie vielleicht ein dicker Gerichtsdiener mit Gewalt geholt ?

Malvil. Nein, er hat ein philosophisches Werk geschrieben, und kommt izt, um es drucken zu lassen.

Weiserer. Nein, ich habe die Narrheit studirt, und komme in die Stadt, sie heraus zu geben: ich weis, daß sich unter diesem Titel alles verkaufen

läßt, ſonſt würden einige Euerer heutigen Dichter,
die kaum den Namen durch ihre Werke verdienen,
verhungern müſſen.

Merital. Allein die behandeln die Welt nicht
ſo aufrichtig; ſie verſprechen viel, und liefern
wenig. Ja, ich habe ſchon geſehen, daß ein Autor
ſeinen ganzen Witz aufs Titelblatt verwandt hatte.

Weiſerer. Das iſt ehrlich und liſtig genug;
denn wenige leſen izt weiter als das Titelblatt.

Merital. Nun, was iſt denn das eigentlich
für eine Erz-Narrheit, wie Sie ſie nennen?

Weiſerer. O das kann ſich niemand einbilden;
ich ſchaudere vor Furcht, daß es bekannt wird.
Wie ich ſehe, ſo haben ſich Euere Weiber umge-
wandelt, und kleiden ſich wie wir; ja, ſie beſuchen
auch Kaffeehäuſer. So eben ſchreckten mich ein
Paar Mädchen aus einem weg, die ſeidene Röcke
und Hoſen trugen.

Malvil. Ha, ha, ha! das waren zwey Stutzer.

Weiſerer. Deſto größer iſt die Verwandlung;
denn ſie hatten, dem Anſchein nach, mehr weibliches als männliches an ſich. Vielleicht aber hat
dieſe zweydeutige Kleidung ihre gewiſſe Bedeutung:
denn ich habe einen Stutzer gekannt, der alles

von einem Mädchen hatte, nur das Geschlecht nicht, und außer demselben nichts von einem Manne.

Malvil. Sie werden sich durch diese Neigung ihre Hochschätzung erwerben.

Weiserer. Ja, ja, es mag sie freylich dem Theetische empfehlen. Denn die natürlichen Vollkommenheiten unsers Geschlechts, und die erworbenen unnatürlichen Eigenschaften des ándern, machen ein närrisches Ganze, das sich zum Abgott eines Frauenzimmers schickt.

Merital. Sie sind außerordentlich verändert! Zeigen Sie diese Sonderheit nirgends, denn hier halten wir keinen für einen größern Narren, als den Philosophen, und kein Narr ist so außer der Mode.

Weiserer. Ein gewisses Zeichen, daß Narren Mode sind. Die Philosophie ist ein getreuer Spiegel, der die Unvollkommenheiten der Seele so deutlich zeiget, als jeder andere Spiegel die Unvollkommenheiten des Leibes; hier sind beide verhaßt, die Philosophie und der getreue Spiegel.

Merital. Da kömmt einer, der nach Ihrem Geschmacke seyn wird.

Drit=

Dritter Auftritt.

Rossel. Die Vorigen.

Rossel. Merital, Malvil, einen Kuß, liebe Knaben! ha! hm! Was ist das für eine Figur?

Merital. Herr Rossel, lernen Sie meinen Freund, den Herrn Weiserer kennen.

Rossel. Das will ich herzlich gerne. Mein Herr, ich bin Ihr ganz gehorsamster, unterthänigster Diener.

Weiserer. Mein Herr, ich bin sehr der Ihrige.

Rossel. Nun, itzt werdet Ihr Euern Witz über mich auslassen; da aber die Stadt doch das Maul nicht halten wird, so will ich den Harnisch der Kühnheit anlegen, und dreist erklären, daß ich ganz außerordentlich verliebt bin.

Malvil. Eine kühne Erklärung, in der That! und um sie zu behaupten, müssen Sie recht kühn seyn: denn man kann zehn gegen eins wetten, daß Sie Ihre neue Geliebte noch nicht gesprochen, vielleicht nichts weiter, als das Bildniß von ihr gesehen haben.

Rossel. Ihr Bildniß! Ha, ha, ha; wer kann die Sonne in ihrer mittäglichen Glorie malen?

B

Weder die Malerey, die Dichtkunst noch die Einbildungskraft können ihr Gesicht erreichen. Sie ist jung und blühend wie der Frühling, munter und fruchtbar wie der Sommer, reif und reich wie der Herbst.

Malvil. Ich will aus Bescheidenheit vermuthen, daß Ihre Chymie aus dieser letzten Tugend alle andere gezogen habe.

Merital. Sie wissen, Malvil gesteht dem Frauenzimmer keine Tugenden zu.

Rossel. Weil es ihm keine Gunstbezeugungen zugesteht. Ich will aber den Werth meiner Geliebten in einem Wort ausdrucken, und ihn auch beweisen .. Es ist die Lady Sanspareil.

Weiserer. (Bey Seite.) Ha!

Merital. Was haben Sie aber für Hoffnung, den Schwarm Liebhaber zu überwinden, von denen ihr Vorzimmer wimmelt?

Rossel. Ba! Sie wissen, daß ich schon eh' wider eine größere Menge gesiegt habe .. und sie hat einen so vortrefflichen Verstand ..

Weiserer. Sie bauen Ihre Hoffnung auf einen sehr sichern Grund, mein Herr; denn ein Frauenzimmer, das Verstand hat, wird einen besetzten

Rock ohne Zweifel gehörig zu ſchätzen wiſſen; und das iſt unläugbar Ihre Vollkommenheit.

Roſſel. Wie ich es verſtehe, mein Herr, ſo gehören noch andere Vollkommenheiten zu..

Weiſerer. Doch keine vorzüglicher in den Augen einiger Frauenzimmer, und denn auch die Perſon von einigen Männern..

Roſſel. Mein Herr, ich glaube, ſie wird einige vorzügliche Eigenſchaften in der Perſon Ihres gehorſamen Dieners finden.

Weiſerer. So! Nun ſo wiſſen Sie denn auch, daß ich Ihr Mitwerber bin.

Roſſel. Sie! mein Nebenbuhler! und denken mich aus dem Sattel zu heben?

Weiſerer. Ich denke mein Feld zu vertheidigen.

Merital. Iſt denn vielleicht das die Thorheit, die Sie publiciren wollen? denn wenn ein Philoſoph auf die Wittwen-Jagd geht, ſo iſt es Thorheit über alle Thorheit.

Weiſerer. (Bey Seite.) Ich werde hier zum Geſpötte.. ich verdiene es. Warum kam ich anders hieher, als um mich von der ganzen Welt auslachen zu laſſen! Meine Freunde werden aus Liebe und meine Feinde aus Rache mich lächerlich

B 2

machen! Weise Leute aus Verachtung, und Narren aus Stolz, weil ich ein eben so großer Narr
geworden bin (Laut.) Ihre Lustigkeit, meine
Herren, zeigt mir, daß Ihnen meine Gesellschaft
überdrüssig wird; ich bin also Ihr gehorsamer
Diener.

(Geht ab.)

Vierter Auftritt.

Die Vorigen.

Merital. Nun, lieber Weiserer...

Rossel. Was ist das für ein närrischer Queersack
von bäurischer Grobheit?

Merital. Ein Mann, der vortrefflichen Verstand
besitzt, ich versichre Sie. Itzt sind Ihre Hoffnungen zu der Wittwe nicht viel werth.

Rossel. Ba! Ist das ein Nebenbuhler? Ha, ha!
Ich weis, ich bin der einzige, den sie unter uns
allen ausgewählt hat. Sie ist rasend in mich verliebt, das arme Weibchen! und wenn ich einmal
einen Eindruck gemacht habe, so entgeht mir keine
mehr. Ich sage Euch, Ihr Herren, ich habe Ge-
legenheiten gehabt, man hat mich aufgemuntert,
man hat mich geküßt und gedruckt; aber, still!

ſchweigen kann ich. Wenn Ihr ein Wort wieder
ſagt, ſo ſoll mich der Teufel holen, eh' ich Euch
wieder ein Geheimniß anvertraue.

Malvil. Nehmen Sie es nicht übel; allein wenn
ich ein Wort glaube von allem, was Sie geſagt
haben, ſo ſoll man mir nie wieder ein Geheimniß
anvertrauen.

Roſſel. Das freuet mich : meine Freude macht
immer, daß ich ausplaudere; allein es iſt doch
gut für die Ehre der Dame, daß man mir nicht
glaubt.

Malvil. Freylich, und auch für die Ehre des
Verſtandes der Dame iſt es gut.

Roſſel. Den Sir Lanſtong habe ich ausgelockt,
wie Sie es verlangt haben; es ſcheint, daß mit
den alten Leuten alles in Richtigkeit iſt, er braucht
alſo nur noch die Einwilligung ſeiner Geliebten.

Malvil. Das iſt eine bloße Ceremonie. Miß
wird ihrem Vater ſo geſchwinde Ja nachſagen, als
dem Geiſtlichen.

Roſſel. Dem Himmel ſey Dank, daß meine
Geliebte von ſich ſelbſt abhängt.

Merital. Sie haben doch dem Sir Lanſtong
nicht geſagt, daß ich ſein Mitbuhler ſey? Können
Sie ein Geheimniß bewahren?   B 3

Roſſel. O ganz unverbrüchlich , um einem Freunde zu dienen, beſonders wenn eine Intrigue darunter iſt. O, ich liebe die Intriguen ſo ſehr; ich denke faſt, ich bin der Sohn von einer Intrigue.

Malvil. Und Sie machen ſie auch ſo gerne kund, daß wenn Sie wirklich einer geweſen wären und Sie es gewußt hätten, ſo würde Ihr Vater auch ſeine Glückſeligkeit und die Welt ſeinen Titel wiſſen.

Roſſel. Aber warum denken Sie, daß ich kein Geheimniß bewahren kann? Bey meiner Ehre, ich verrathe nie andre Geheimniſſe, als meine eigenen.

Malvil. Und Ihr Charakter iſt ſo bekannt, daß Sie nie einem andern, als Ihrem eigenen Namen ſchaden.

Roſſel. Ich will verdammt werden, wenn ich mich ſchäme , daß jedermann weis, daß ich ein Verſtändniß mit einem Frauenzimmer habe!

Malvil. Schon gut : aber Sie ſollten ſich doch darüber ſchämen, daß Sie mit Gunſtbezeugungen von Frauenzimmern pralen, mit denen Sie, wie bekannt, niemals geredt haben.

Merital. Nein, da thuſt Du ihm Unrecht: denn Roſſel hat wirklich Affairen.

Roſſel. Und mit Frauenzimmer vom Stande.

Malvil. Freylich, von ſehr hohem Stande, wenn ihr Stand ſo hoch iſt, als ihre Wohnungen ſind.

Roſſel. Ich bitte Sie, Malvil, laſſen Sie doch Ihr ſatyriſches bösartiges Weſen, oder, bey meiner Seele, wir ſchönen Kerle werden uns aus Ihrer Geſellſchaft nicht viel machen.

Merital. Sie müſſen ihn entſchuldigen; er beneidet nur Ihr Glück; und ſo, wie das Lächeln einer Geliebten Sie munter macht, ſo macht ihn das Zürnen der Seinen milzſüchtig.

Roſſel. So! Aber Sie und ich verſtehn das Ding beſſer; ich will verdammt ſeyn, wenn alles Frauenzimmer in der ganzen Welt es in ſeiner Macht hat, mir einen unruhigen Augenblick zu verurſachen; eben ſo wenig mache ich mir aus ihrem Lächeln ... nicht eine Priſe Taback.

Merital. Wie! Wie! Sie machen ſich nichts aus dem Lächeln der Wittwe?

Roſſel. Hm! das iſt goldnes Lächeln!

Malvil. Sie sind ein Schalk; Sie möchten uns gerne überreden, daß Sie verliebt wären, und alle Reizungen, die Sie an Ihrer Geliebten finden können, liegen doch in ihrer Tasche.

Rossel. Ja, es giebt sehr viele, die meiner Meynung sind: ich weis, daß ein sehr galanter Herr eine reiche Erbinn mit unendlich vieler Liebe heyrathete, und sie am Ende des ersten Monats mit vollkommener Gelassenheit begrub.

Malvil. Seine Gelassenheit war also aufrichtiger, als seine Liebe.

Rossel. Sie setzen seine Liebe auf den unrechten Gegenstand: in ihr Vermögen war er so heftig verliebt. Hätte man ihm das wieder zurückgefordert, er würde eben so gelassen gewesen seyn, als ein Advocat, der die Gebühr zurückgeben soll.

Merital. Ich bin Rossel's Meynung; denn wenn nicht fast alle so dächten, wie würde manche berühmte Schönheit ihren Glanz erhalten können, die, wenn man sie von ihrem Reichthum abgesondert betrachtet, eben so wenig Reize hat, als der Stutzer Grimz ohne seine gestickten Kleider!

Rossel. Oder die Mylady Runzel ohne ihre Schminke!

Merital. Und ferner, wie könnten andre Schönen, die jeden Reiz, nur keinen Reichthum besitzen,
vernachläßiget werden! Kurz, Schönheit ist eine
Vollkommenheit in einer Buhlerinn, Vermögen
aber in einer Frau.

Malvil. Die Damen machen es eben so : denn
sie schätzen gute Eigenschaften nur in einem Buh-
ler ; bey einem Manne aber sehn sie auf Reichthum.

Rossel. Für einen Platonischen Liebhaber sind
das seltne Meynungen.

Merital. Wohl gegeben. Wie kann der lieben,
der eine so schlechte Meynung von dem Frauenzimmer hegt?

Malvil. Merital, Du berührst immer die Wun-
den eines Freundes, die es doch nicht gut ertragen können.

Merital. Nun, meine Herren, wer geht diesen
Morgen mit in's Maillespiel?

Rossel. Ich.

Malvil. Ich habe Geschäfte, will aber auch
bald dahin kommen.

Rossel. O, gut, daß ich daran denke, ich muß
zu einigen Damen : ihre Wohnungen liegen auf
dem Wege dahin.

Malvil. Ja, ja, Ihre Damen liegen gemeiniglich Jedermann im Wege.

Merital. Sie werden mich entweder im Maille-
ſpiel oder in St. James ſinden.

Fünfter Auftritt.

Merital. Lord Formal.

Merital. Ha! hier kömmt ein Narr, und der
iſt unvermeidlich. • • • Ich bin Ihr unterthänigſter Diener, Mylord! es iſt ein Wunderwerk,
Sie ſo frühe in dieſem Theile der Stadt zu ſehen.

Lord Formal. Wirklich, Herr Merital, dies
iſt eine Frühſtunde, in der ich ſelten andre Excur-
ſiones, als bis zu meinem Vorzimmer zu machen
pflege. Da es aber heute ein Geſchäftstag iſt, ſo
habe ich vier Sänftenträger ermüdet : ich
bin bey drey Galanteriehändlerinnen, zwey Par-
fumeurs, meinem Buchhändler, und in einem
Fächerladen geweſen.

Merital. Ha, ha, ha! eine ſehr beſchwerliche
Reiſe.

Lord Formal. Es hat meine Geſichtsfarbe zu
einer Exorbitation des Rothen hinauf getrieben,

daß ich ſie kaum durch eine vierzehntägige Kur
von Aciden wieder zu einer erträglichen Conſiſtenz
werde bringen können.

Merital. Meiner Meynung nach, Mylord,
verlohnt es ſich der Mühe nicht, daß man ſich
weiter um natürliche Farben bekümmere, da wir in
den künſtlichen zu einem ſo hohen Grade der Vollkommenheit gelangt ſind.

Lord Formal. Um Verzeihung. In der rothen
Farbe ſind wir wirklich weit gekommen, das geſtehe
ich; aber die Blaſſen, die müſſen natürlich ſeyn:
alle Bleyweiß- und andre Waſchwaſſer können
doch keine Kirſchenwangen vertreiben.

Merital. O, wenn das die Krankheit iſt, ſo
würde ich den jungen Herren eine Lüderlichkeits-
und den Damen eine Vapeurs-Kur vorſchlagen.

Lord Formal. Wahrhaftig! für mich iſt es
äußerſt beſchwerlich, wenn ich in einen Buchladen gehen muß, und doch bin ich dazu gezwungen.
Da die Damen einmal ihre Zeit in Spielen und
Bücherleſen eingetheilt haben, ſo muß ein Mann,
um ſich ihnen angenehm zu machen, doch auch ſo
gut etwas von Büchern, als vom Quadrille wiſſen.

Merital. Mir ist bange, daß wenn diese Laune fortdauren sollte, alle unsere junge Herren eben sowohl lesen, als tanzen lernen müssen.

Lord Formal. Ich will Ihnen sagen, wie ich es mache. Indem ich einmal des Monats in einen Buchladen gehe, lerne ich die Titel und die Namen der Verfasser aller neuen Bücher auswendig. Wenn ich nun, wie von ungefehr, eins in Gesellschaft nenne, so vermuthet man, daß ich es gelesen; den Augenblick spricht eine oder die andere Dame das Urtheil darüber, es sey nun günstig oder oder nicht, je nachdem des Autors Ruhm oder die Karten der Dame beschaffen sind . . . alsdenn zwingt mich die Höflichkeit, ihrer Meynung beyzupflichten.

Merital. Das mag wahrhaftig ein sehr unpartheyisches Gericht genannt werden.

Lord Formal. Das Lesen, mein Herr, schadet den Augen unendlich. Ich verfiel auch einmal darauf, und hatte in wenig Monaten fast ein halb Dutzend Blätter von der Kassandra durchgegangen; aber ich fand den Glanz meiner Augen gar sehr dadurch geschwächt. Denken Sie, mein Herr, binnen dieser kurzen Zeit hatte ich das Liebäugeln

in gerader Linie vollkommen verloren.. doch, ich
verſäume meine Zeit.. denn ich muß gehen, um
hier in der Nähe einen Beſuch bey... einer..
Sie werden doch gehört haben, daß ich Willens
bin, in Kurzem an der Fortpflanzung meines
Stammes zu arbeiten?

Merital. Mylord, die Welt wundert ſich vielmehr, wie Mylord ſo lange dergleichen Verſuchungen widerſtehen können.

Lord Formal. Ja, ich habe freylich eben ſo
viele Verſuchungen, als irgend ein anderer gehabt.
Allein es iſt immer mein Grundſatz geweſen, daß
eine Frau ſehr reich ſeyn ſollte. Menſchen, die
die Welt nicht kennen, werden von Tugend und
Schönheit ſchwatzen. Nun, wie ich glaube, iſt
die Tugend ſo ſelten, daß es ſich nicht der Mühe
verlohnt, ſie zu ſuchen, und die Schönheit ſo gemein, ha! ſie iſt nicht werth, daß man ſie behält.

Merital. Glauben Sie denn, Mylord, daß
eine ſchöne Frau ſo etwas ganz ſchlechtes ſey?

Lord Formal. O, eine ſchöne Frau... iſt
eine ſehr ſchöne Sache... und ſo... iſt auch
ein ſchönes Haus. Ich meyne um Ihre Freunde
darinnen zu bewirthen; denn ſie genießen doch

gemeiniglich beyde, und das noch oben drein mit dem Vergnügen der Neuheit, während Sie einen Ekel daran haben.

Merital. Ich erstaune, Mylord, so etwas von Ihnen zu hören. Sie werden doch gewiß zugeben, daß wenigstens einige Frauenzimmer tugendhaft sind.

Lord Formal. O ja: eine häßliche soll in meinen Augen so tugendhaft seyn als sie will, so wie ich einem Armen zugestehen will, daß er habsüchtig ist. Allein Schönheit in den Händen einer Tugendhaften, wie Gold in den Händen eines Geizigen, verhindert den Umlauf des Handels.

Merital. Vergleichen Sie es besser mit dem Reichthum in den Händen des Vernünftigen. Ein tugendhaftes Frauenzimmer schenkt ihre Gunst dem Verdienstvollen, und macht sie dadurch zum wirklichen Segen für den Mann, der ihre Person besitzt; unterdessen die Lasterhafte sie wie ein Verschwender wegwirft, und eben wie der Verschwender oft am meisten von denen verachtet wird, gegen die sie am gütigsten gewesen ist.

Lord Formal. Ich erstaune, das von dem aufgeräumten muntern Herrn Merital zu hören.

Merital. Ja, Mylord, der aufgeräumte Merital ist izt auch Kandidat des Ehestandes. Sie müssen sich also nicht wundern, daß ich den Damen meine guten Grundsäze beyzubringen suche; denn dadurch bewege ich vielleicht eine oder die andre, mich zum Manne zu wählen.

Lord Formal. Das wird eben so bald einen Landflecken bewegen, Sie zum Parlamentsgliede zu wählen. Doch ich muß Sie eilig verlassen. Der süße Geruch Ihrer Unterredung hat meine Sinnen so parfumirt, daß ich eine gewisse Affaire darüber vergessen habe, welche, indem sie von wichtiger Wesentlichkeit ist, mich zwingt, Sie zu versichern, daß ich bin, mein Herr, Ihr gehorsamer Diener.

Sechster Auftritt.
Merital, allein.

Prinz der Gecken! zum Henker! durch die Mäuler solcher Kerl, wie dieser, leidet der gute Name der Frauenzimmer; denn die Frauenzimmer sind wie Bücher: durch Bosheit und Neid entdeckt man leicht ihre Fehler, ihre Schönheiten aber kann nur eine gute, gesunde Urtheilskraft entdecken, und ein gutes Herz fühlen.

Zweyte Handlung.

Erster Auftritt.

Lady Sanspareil's Haus.

Lady Sanspareil. Vermilia.

Lady Sanspareil.

Auf mein Wort, Vermilia, Sie thun mir Unrecht, wenn Sie denken, daß das Geräusch,
Kutsche und Pferde, Schmeicheleyen und dergleichen mir wirklich Vergnügen machen; für einen
entwischten Gefangenen ist es in der That ein angenehmer Triumph, wenn er sein voriges Gefängniß und seine izige Freyheit gegen einander hält;
von der Quaal eines ungerechten Mannes befreyt;
eines Mannes, der · · · Doch er ist todt, und,
wie ich hoffe, im Himmel.

Vermilia. Das ist ein großmüthiger Wunsch,
meine Liebe; und doch glaube ich, daß viele den
Wunsch thun, deren Männer einen schlimmern
Ort verdienen.

Lady

Lady Sanspareil. Sie meynen, während dem Leben eines bösen Mannes : aber dann fließt dieser Wunsch mehr aus Eigennutz als Großmuth; denn wer möchte nicht ihren Mann in Himmel wünschen, wenn es der einzige Weg ist, sich selbst aus der Hölle zu erretten?

Vermilia. Das ist wahr, in der That. Allein Sie wünschen aus gutem Herzen ; Sie beten für die Glückseligkeit Ihres Tyrannen, zur Zeit, da Sie nicht mehr in seiner Gewalt sind.

Lady Sanspareil. Ach! der arme Mann! Da ich nichts zu seinem Vortheil sagen kann, so laß ihn im Frieden schlafen. An seinem Andenken will ich mich nicht rächen, aber wohl an seinem Geschlecht, an allen Männern, besonders an denen, von welchen ich weis, daß sie seinem Beyspiel folgen würden, wenn sie nur an seiner Stelle wären.

Vermilia. Sie haben Gelegenheit zur Rache genug, auch fehlet es Ihnen nicht an Gegenständen, an denen Sie solche ausüben können; denn ich glaube, Sie haben eben so viele Sklaven in Ihrer Assemblee, als der König von Frankreich auf seinen Galeren.

C

Lady Sanspareil. Ich sehe wirklich mein Vorzimmer bisweilen wie ein kleines Parlament Narren an, wohin jeder Stand seinen Repräsentanten schickt. Stutzer aller Gattungen. Der höfische Lord, der mich mit einer ceremonienreichen und von seiner Lebensart zeugenden Verstellung liebkoset; der lüstige Sir Federbusch, der beständig im Menuettenschritt geht, und in Recitativen spricht.

Vermilia. Und ein Narcissus in allem ist, nur in der Schönheit nicht.

Lady Sanspareil. Weiter, der handfeste Krieger, der nicht anders, als mit Sturm oder Belagerung zu Werke geht; der Advokat, der mich anfällt, wie er einen Geschwornen anhalten würde, mit einem niedrigen Bückling und einer Lüge auf der Spitze seiner Zunge; der Bürger, der mich gerne durch Kauf und Verkauf betrügen möchte; . . . und endlich der Landedelmann, der von Vermächtnissen spricht, und gerne auf mein Ueberleben die Hälfte seiner Güter setzen will, wenn ich mich nur entschließen könnte, seine ganze Familie in mein ganzes Vermögen einzusetzen.

Vermilia. Es ist noch ein Narr übrig, der gefährlicher, als alle andere, obschon auch lächerlicher ist; nemlich der Herr von feiner Lebensart, dem die Larve der Liebe besser steht, als allen, die Sie genennt haben.

Lady Sanspareil. O, ja; ein vernünftiger Mann spielt den Liebhaber, wie ein Holländer den Arlequin spielen würde. Er stolpert über jeden Strohhalm, den wir ihm in den Weg werfen, und worüber ein Geck mit größter Behendigkeit hinhüpfen würde.

Vermilia. Aber, meine Liebe, was ist denn Ihre Absicht mit allen diesen Liebhabern?

Lady Sanspareil. Ich habe die nemliche Absicht mit ihnen, welche die Natur hatte, als sie sie schuf; ich will auch Narren aus ihnen machen.

Vermilia. Doch kann ich Ihnen meine Verwunderung nicht bergen, daß Sie den feinsten Herren am wenigsten Aufmunterung gönnen.

Lady Sanspareil. Ihre Bemerkung ist richtig, es geschieht aber aus dieser Ursache: das Fieber der Liebe ist, wie andre Fieber, nur dem gesunden und starken Körper gefährlich; deswegen nehme ich mich sehr in Acht eine Krankheit zu verursachen, die ich nicht zu heilen gedenke — denn ich bin nicht fest entschlossen je wieder zu heyrathen.

Vermilia. Auch gewiß nicht fest entschlossen, als Wittwe zu sterben.

Lady Sanspareil. Das kann ich mit Wahrheit auch nicht behaupten; und wenn ich mich dazu entschlossen hätte, so weis ich doch nicht, ob ich meinen Entschluß würde halten können. Denn als Sir Wilhelm starb, beschloß ich bey mir selbst, mich keiner zwoten Gefahr bloszustellen: allein a — am — am Ende des Jahres — ich weis nicht, wie es zugieng — kurz, ich wäre beynahe wieder in die nemliche Falle gestürzt.

Vermilia. Nun, und durch was für einen glücklichen Zufall wurden Sie davon errettet?

Lady Sanspareil. Den Abend vor unserm bestimmten Heyrathstag floh ich nach London, und überließ meinem armen betrogenen Schäfer, sein Leiden den Winden zu klagen.

Vermilia. Da wird es eine Menge Seufzer, Gelübden, Bitten, Schwüre, Thränen und Verwünschungen abgesetzt haben! — Und so flohen Sie nach London, als einer Freystadt vor der

Liebe Schulden? Ich weis nicht, wie es zugeht, aber gewiß ein Frauenzimmer läuft hier weniger Gefahr die Närrin zu spielen: vielleicht ist es der unaufhörliche Strudel von Lustbarkeiten und Gesellschaften, die das Gemüth in immerwährender Bewegung erhalten, so daß es bey keinem Gegenstand stille stehen kann. Hingegen sind unsre Ideen auf dem Lande stärker, bestimmter und romantischer. Höfe und große Städte haben wenig Helden und Heldinnen in der Liebe.

Lady Sanspareil. Ach! Vermilia, der eifersüchtige Ehemann kann von mir lernen: es liegt mehr Gefahr in Haynen und rauschenden Bächen, als in Assembleen und Schauspielhäusern. Wenn ein anmuthiger Hayn unsre Bühne, ein murmelnder Wasserfall unsre Musik, die von der Natur beblümte Landschaft unsre Scene, der Himmel der einzige Zuschauer, und ein schöner Kerl der Schauspieler ist: ha! — dann weis Jupiter, was das Spiel seyn wird.

Vermilia. Ich hoffe doch, daß Sie die fünf monatliche Abwesenheit wieder in Statu quo versetzt haben wird.

C 3

Lady Sanspareil. Hätte er seine Eroberung verfolgt, ha! ich befürchte, ich wäre vor ihm gesunken; allein er hat meinem Entschluß Zeit gelassen, sich festzusetzen, und ich bin itzt so wider ihn befestiget, daß alle seine Anfälle umsonst seyn werden.

Vermilia. Seyn Sie nicht zu sicher: denn ich habe von Kriegsleuten gehört, daß eine Festung, die sicher seyn will, nicht allein starke Werke haben, sondern auch wohl bemannet seyn, muß.

Zweyter Auftritt.

Hasches. Die Vorigen.

Hasches. Madame, Eurer Gnaden Kutsche hält vor der Thüre.

Lady Sanspareil. Kommen Sie, liebe Vermilia, itzt wird wohl der Park voll seyn.

Vermilia. Ich folge Ihnen, meine Liebe. Hasches, wenn der Herr Malvil kömmt, so sag' ihm, wo ich hingegangen bin.

Hasches. Ja, Madame.

Dritter Auftritt.

Hasches, allein.

Gewiß hat die Natur nichts lächerlichers, als einen
eifersüchtigen Liebhaber. Nie hat ein Frauenzimmer von meinem Handwerk mehr dabey gewon-
nen, daß sie Lächeln und günstige Ausdrücke von
einer Geliebten erdichtet, als ich von dem Herrn
Malvil gewinne, indem ich ihm glauben mache,
daß meine Gebieterin ihn weniger schätze, als sie
wirklich thut. Er hat mir einen diamantenen Ring
versprochen, wenn ich seinen Nebenbuhler entdecke. Allein, wie soll ich ihn entdecken, wenn er
keinen hat? Gesetzt, ich machte ihm einen! Ja,
aber das könnte Unheil stiften; nun, mir muß es
doch was einbringen; gut also. Aber wer soll
dieser Nebenbuhler seyn? Merital ist ein Liebling
meiner Gebieterin, und ist oft hier. Auch er und
Helena haben verabredet um fünf Uhr hier zusammen zu kommen — meine Gebieterin wird auch
zu Hause seyn. Wenn ich itzt nur den Malvil
überreden könnte, daß ihn die Bestellung angienge.
— (Sie steht in Gedanken.)

Vierter Auftritt.
Malvil. Die Vorige.

Malvil. Ihr Diener, meine artige Jungfer Hasches. Worauf sinnt Ihr schöner Kopf?

Hasches. Es sey, was es will, es ist doch immer Ihnen zu dienen. Sie werden noch Schuld an meinem frühzeitigen Tod seyn: ich denke, ich sinne, ich grüble, ich mache Complotte, ich lüge, ich schwöre, alles, alles für Sie.

Malvil. Und Sie soll das Ende meiner Dankbarkeit nicht sehen.

Hasches. Und auch den Anfang nicht, wie ich fürchte. Wenn ich für jeden Meyneid nur eine Guinee rechne, so sind Sie mir über fünfhundert Pfund schuldig. Hätte ich die in Westmünsterhall abgelegt, sie hätten mir mehr eingetragen.

Malvil. Mache Sie nur, daß ich Ihre Gebieterin gewinne, so will ich Ihr alles bezahlen.

Hasches. Das ist eine ungewisse Bedingung, wie ich befürchte.

Malvil. Ha! was sagt Sie?

Hasches. Ich sage, daß — ich sage, Herr, daß — Sie da den schönsten Ring am Finger haben.

Malvil. O, martere Sie mich nicht.

Hasches. Er funkelt so lieblich.

Malvil. Ich sehe, Sie hat was entdeckt: ich habe also einen Mitbuhler. Vermilia ist eine Betrügerin.

Hasches. Freylich haben Sie einen.

Malvil. Geschwinde, lieber Henker.

Hasches. Nun, das ist der schönste Ring, den ich je gesehen habe.

Malvil. Nimm ihn, nimm alles; sage mir nur alles, was Du weißt.

Hasches. Ihre Dienerin. Sie sind doch ein allerliebster Mann; man kann Ihnen nichts abschlagen. Ich habe solch eine Entdeckung gemacht.

Malvil. Nun, nun, liebes Schelmchen!

Hasches. Eben diesen Morgen hat meine Gebieterin einen gewissen Herrn mit solchen Entzückungen gelobt, sie beschrieb ihn von Haupt zu Fuß mit solcher Bewunderung, mit so vieler Zärtlichkeit; und alle Augenblicke, Hasches (sagte sie) denkt Sie nicht, er sey ein Engel? ein sehr schwarzer (sagte ich). Hat Sie solche schöne Augen, solche Zähne, solchen Mund gesehen? (sagt sie.) Nach meiner Meynung ist das alles

sehr häßlich (sagte ich.) Aber die Gestalt, der
Bau, das Ansehn! (sagte sie.) Ja, er schickte sich
gut für einen Tanzmeister, (sagte ich.) (Und
gewiß, die Thränen standen mir in den Augen,
als ich dieses sagte). O, nein, (sagte sie) ich will
an keinen, als den Merital denken. So (sagte
ich) —

Malvil. Qualen und Furien! Merital!

Hasches. Meine Gebieterin ist närrisch in ihn
verliebt, und hat ihn bestellt.

Malvil. Wie? Wo? Wann?

Hasches. Hier, um fünf Uhr.

Malvil. Zum Teufel! das ist unmöglich!

Hasches. Es mag vielleicht unmöglich seyn;
aber es ist doch wahr.

Malvil. Merital ein Schelm! Vermilia eine
Betrügerin! nun so ist die ganze Welt ein Blendwerk!

(Er geht hin und her und spricht unordentlich.)

Höre Sie, entdecke Sie Niemanden ein Wort
von allem diesem.

Hasches. Da können Sie sich darauf verlassen.

Malvil. Aber wo ist Vermilia?

Hasches. Mit Mylady Sanspareil im Park.

Malvil. Sey Sie verschwiegen und wachsam, so soll sie Ihre Mühe nicht gereuen.

(Geht ab.)

Zasches. Wenigstens nicht, so lange Du Eifersucht im Kopf und Geld im Beutel hast, Signiòr. Nun wie sich das endigen wird, weis ich nicht; aber gewiß, der Anfang war recht gut.

(Sie küßt den Ring.)

Fünfter Auftritt.

Sir Fallen's Haus.

Lady Falle.　Helena.

Helena. Verkauft zu werden! zur Versteigerung gebracht zu werden! wie eine alte verlegene Waare verhandelt zu werden!

Lady Falle. Nichte, Nichte, man geht mit Ihnen um, wie mit einer reichen Waare : Sie sollen nur zu einem recht hohen Preis losgeschlagen werden; Sir Falle kennt die Welt, und wird gute Bedingungen für Sie treffen. Sie sollen einen jungen Herrn, und einen schönen Herrn haben.

Helena. Ja, wenn große Güter einen schönen Herrn machen könnten.

Lady Falle. Doch ehe als ein schöner Herr große Güter machen kann. Die schönen Herren unsrer Zeit wissen besser ein Vermögen zu verschwenden, als zu gewinnen.

Helena. Gut, gut, Madame, mein eigenes Vermögen ist hinlänglich den Mann glücklich zu machen, den ich liebe. Und das soll einer seyn, dessen Verdienste seine einzige Reichthümer sind, nicht dessen Reichthum sein einziges Verdienst ist.

Lady Falle. Der Mann, den Sie lieben! O Unverschämtheit! Ich würde mich zu tobte schämen, wenn ich ein junges Mädchen wäre, und man nur den Gedanken von mir hegte, daß ich eine unanständige Leidenschaft für alle Kerl überhaupt hätte.

Helena. Ich würde mich auch schämen, wenn ich ein altes Weib wäre, und die Welt wüßte, daß ich eine unanständige Leidenschaft für alle Kerl überhaupt hätte.

Lady Falle. Vermessene! unterstehen Sie sich auf mich zu deuten? auf mich wegen Kerl, die ich wegen meinem Abscheu für das viehische Geschlecht so berühmt bin? Die jungen Mädchen heut zu Tage sind im Stande eine Frau beschämt zu machen.

Helena. Die Jugend, Madame, wird allezeit
das Alter an Schönheit beschämen, so wie das
Alter die Jugend an Weisheit. Machen Sie also
keinen Anspruch auf die eine, liebe Tante, so will
ich Ihnen alle Ansprüche auf die andere gerne
abtreten.

Lady Salle. Glauben Sie denn, daß Sie so
schön sind, Miß?

Helena. Ich denke, ich bin schön genug, um
ein wenig Unheil zu stiften, und gewiß genug, um
mir selbst, und ihm zu gefallen, dem ich gerne
gefallen möchte. Die übrige Welt mag denken, was
sie will; es lohnt sich nicht der Mühe, daß ich
mich darum bekümmere; ich bin nicht so ehrgeizig,
in allen Männer=Gesellschaften als die erste Schön=
heit gepriesen, und in allen Weiber=Assembleen
herumgeholt, geschunden und gebraten zu werden:
denn der Neid der Weiber ist eine nothwendige
Folge der Bewunderung der Männer.

Sechster Auftritt.

Sir Falle. Die Vorigen.

Sir Falle. Was lügen Sie da? Ha!

Lady Falle. Rechtfertige mich, Liebchen, rechtfertige mich. Deine Nichte sagt, ich hätte eine unanständige Neigung zu allen Mannspersonen.

Sir Falle. Das will ich, bey der Familie der Fallen! Weit gefehlt, Nasenweise, sie hasset alle Männer; sie hat kaum eine anständige Neigung für ihren Ehemann, weil er ein Mann ist.

Helena. Sie haben den Nagel auf den Kopf getroffen, mein lieber Oheim.

Sir Falle. Nasenweise, Nasenweise, Sie sind der Familie der Fallen eine Schande. Kaum glaube ich, daß Nicodemus Falle Ihr Grosvater, Sir Gregory Ihr Vater, und Sir Falle Ihr Oheim sey.

Helena. Ekelhaftes Namenregister! ha, ha, ha!

Sir Falle. Lachen Sie über Ihre Vorfahren, das berühmte Geschlecht der Fallen?

Helena. Nein Herr, im Gegentheil, ich ehre sie so sehr, daß ich keinen Narren in der Familie einführen will.

Sir Falle. Meynen Sie den Sir Lanstong, Klunkermütze? Nennen Sie einen Baronet einen Narren? Einen Mann von so uraltem Hause? Nasenweise, die Lanstong und die Fallen sind die zwey ältesten Häuser in England. Bringen Sie mich nicht auf, sage ich, bringen Sie mich nicht auf; ich will gleich den Sir Lanstong kommen lassen: und in einer halben Stunde sollen Sie verheyrathet, gebettet und exequirt seyn.

Helena. Wirklich! exequirt? wie barbarisch!

Sir Falle. (Halb bevseite.) Mit den Mädchen muß man ohne alle Figuren reden.

Lady Falle. Hättest Du ihr so eben zugehört, Du würdest geglaubt haben, daß sie reif zu allem wäre; wahrhaftig, sie machte mich erröthen.

Sir Falle. O, ungeheure Unverschämtheit, meine Lady Ehefrau erröthen zu machen!

Helena. Diejenige, die das thun konnte, war gewiß reif zu allem.

Sir Falle. Nasenweise! Sie sind keine Falle; Sie haben nichts von den Fallen in sich. Die Hebamme hat den Sir Gregorius betrogen.

Lady Falle. Ich habe mich immer gewundert, wie ein Geschöpfe, das solche Grundsätze hat, von einer Familie abſtammen konnte, die ſo berühmt wegen der Keuſchheit ihrer Weiber iſt.

Sir Falle. Sie ſoll morgen ihren Namen verändern; halten Sie ſich bereit, den Sir Lanſtong zum Manne anzunehmen; denn dies iſt der letzte Tag Ihres Jungfrauſtandes.

Helena. Sehen Sie meine Einwilligung für unnöthig an? er hat ſich noch nie bey mir um meine Perſon beworben.

Sir Falle. Wozu ſollte das? ich habe meine Lady nie geſehen, als eine Stunde vor der Hochzeit. Ich wandte mich an ihren Vater; ihr Vater wandte ſich an meinen Sachwalter, der Sachwalter wandte ſich an mein Vermögen, und da der es hinlänglich fand — ſo war der Handel geſchloſſen. Sich bewerben? Narrenspoſſen! Was brauchen junge Leute ſich zu bewerben, oder ſonſt zu fragen?

Lady Falle. Ja, dieſe Liebkoſerey iſt eine abſcheuliche, ſataniſche Sitte, und brütet nichts, als Lügen und Schmeichelen. Die Schlange gebrauchte ſie zuerſt, um die Eva zu verführen.

Sir Falle. Und ſeit dem hat ſie die Hälfte der Weiber verführt. Ich hoffe noch die Zeit zu ſehen, da ein Mann mit dem nemlichen geſetzmäßigen
Recht

Recht seine Tochter, wie sein anderes Vieh, zu Markte bringen kann. Aber Sie, Madame, ich sage Ihnen, morgen ist Ihr Hochzeitstag: ich hab's gesagt und ich bin positive.

Helena. Gut. Aber merken Sie sich, Oheim, daß ich ein Frauenzimmer, und vielleicht eben so positive bin, als Sie. Ihre Dienerinn.

(Geht ab.)

Lady Falle. Hinter drein, Honigseim, hinter drein! Laß sie in dieser Wuth nicht allein.

Sir Falle. Ich will sie schon zu sich selbst bringen, bey der rechten Hand der Fallen!

(Geht ab.)

Siebenter Auftritt.

Lady Falle, alleine.

Wenn Helena morgen Sir Lanstongs Frau wird, so bleibt mir nur noch dieser Tag zu meiner Absicht auf den Merital übrig. Auf eine oder die andre Art muß ich ihm meine Liebe zu erkennen geben. Wie, wenn er sie verwerfen und mich verrathen sollte! Nun, wenn er das thut, so muß ich es herzhaft läugnen; meine vorsichtige Aufführung hat mir schon solch einen

D

Ruf der Tugend erworben, daß man ihm nicht glauben wird. Wie soll ich ihm aber meine Liebe kund thun? Soll ich schreiben? das wäre ein zu sicheres Zeugniß wider mich; und doch ist das der einzige Weg. Meine Nichte geht diesen Abend zu der Lady Sanspareil. Ich will ihm einen Rendevous in ihrem Namen geben, daß er im Dunkeln zu mir im Speisesaal komme. Wie soll ich es aber in ihrem Namen machen? (sie sinnt nach.) Ha! mir fällt ein Mittel ein, und ich will es gleich ins Werk richten.

Achter Auftritt.

Sir Falle, Helena.

Helena. Quälen Sie mich nicht so sehr, lieber Oheim; ich kann nie einen Narren lieben: ich verabscheue einen Gecken.

Sir Falle.' Aber es sind dreytausend Pfund jährliche Einkünfte und ein Titel da. Verabscheuen Sie die auch? Rasenweise!

Helena. Sein Vermögen brauch' ich nicht, und seinen Titel verachte ich.

Sir Falle. O, schön! O, herrlich! einen Titel verachten! Sie sind keine Falle, Mädchen; zum Henker, ich glaube, daß Sie auch kein Frauenzimmer sind. — Wollen Sie denn einen ärgerlichen, schleichenden Kerl nehmen, den man blos Herr nennt, und der Sie nicht zur Lady machen kann?

Zelena. Wenn denn alles bey Ihnen nichts gilt, so wissen Sie, daß ich schon durch die heiligsten Bande der Ehre und des Gewissens gebunden bin kurz, daß ich schon versprochen bin.

Sir Falle. Versprochen! — War denn nicht die Wittwe Führan dem Herrn Gutland versprochen, und verließ ihn doch gleich bey der Ankunft des Sir Heinrich Reich, den sie hernach wieder für Mylord Mehrreich verließ? Sagen Sie mir nichts von Versprechungen, von Kontrakten, und was weis ich. Das sind lauter Kobolte und Pelznickel um Kinder damit zu schrecken: vernünftige Frauenzimmer lachen darüber. Sie sind eben so wenig verbunden Ihr Wort zu halten, wenn Sie sich ihm versprochen haben, als wenn Sie ihm den Korb gegeben hätten. Das Gesetz löset alle Verträge auf, die ohne eine beträchtliche Summe

D 2

gemacht ſind; und wenn das auch nicht wäre,
ſo würde ſie eine beträchtliche Summe auflöſen.

Helena. Herr Oheim, vielleicht heyrathe ich
nie.

Sir Falle. Mädchen! Mädchen! Sie haben
eine blutreiche Leibsbeſchaffenheit. Sie werden
entweder heyrathen oder noch was ärgeres thun.

Helena. Nach meiner Meynung kann ich nichts
ſchlimmeres thun, als einen Narren zum Mann
nehmen.

Sir Falle. Das ſind ſchöne Begriffe, in der
That! (bey Seite.) Ich muß ſie entweder bald verkaufen, oder ſie wird wie gebrauchte Waare ab-
geſetzt werden müſſen.

Neunter Auftritt.

Lady Falle, mit einem Briefe, die Vorigen.

Lady Falle. O, mein Lieber! ſieh, was uns
das Glück in die Hände ſpielt: einen Brief von
deiner Nichte an Merital.

Sir Falle (lieſt.) „ Dieſen Nachmittag wird
„ mein Oheim ausgehen; morgen ſoll ich an den

„ Sir Lanstong verheyrathet werden. Ich brauche
„ nichts weiter zu sagen, als daß Sie heute Abend
„ um sechs Uhr in dem Speisesaal finden werden
Ihre Helena. „

„ Nachschrift. Ich werde allein und im Dun-
„ keln seyn: bey Ihrer Ankunft fragen Sie mich
„ nichts, sondern kommen dreiste auf mich zu. „
Aber, Liebchen, dies ist nicht ihre Hand.

Lady Falle. Glaubst Du denn, mein Kind,
daß sie sie nicht so gut als möglich zu verstellen
trachtete?

Sir Falle. Ist rieche ich es; ich sehe es; ich
lese es; es ist ihre eigene Hand, beym Teufel!
Sieh hier, Du niederträchtige Tochter des Sir
Gregorius! hier bestellst Du einen Mann!

Helena. Unausstehlich! mich mit einer nach-
gemachten Handschrift überweisen wollen!

Sir Falle. Du hast sie selbst nachgemacht,
Mädchen.

Lady Falle. Aber es sieht doch wirklich ihrer
Hand nicht sehr gleich.

Sir Falle. Laß mich sehen, Hm! (Er nimmt
sine Brille.) — eben nicht ganz genau — nicht sehr

D 3

gleich. — Mich deucht, es sieht der ihrigen gar nicht gleich.

Lady Falle. Vielleicht ist sie von andern nachgemacht worden. Ich lege meine Ehre zum Pfande, daß sie unschuldig ist. Schreiben Sie es in Gegenwart Ihres Oheims ab, meine Liebe, das wird ihn überzeugen.

Sir Falle. Schreiben Sie es vor dem Sir Falle ab, Mädchen.

Helena. Bringt Papier, Federn und Dinte. Sie sollen nicht den geringsten Vorwand zur Beschuldigung haben.

Sir Falle. Ich wollte um der Welt willen nicht, daß Du schuldig wärest. O, ich möchte nicht, daß so eine Schande über unsre alte hochadeliche Familie käme. Es könnte uns bey jedem neugebackenen Edelmann lächerlich machen.

(Ein Bedienter bringt Dinte rc. Helena schreibt.)

Lady Falle. Erschreckliches Verbrechen ! An einen Mann zu schreiben ! Hätte ich in dem Alter die Feder in solcher Absicht gehalten, meine Hand hätte aus bloßer Furcht so gezittert, daß ich die Dinte verschüttet haben würde.

Helena. Itt, Oheim, überzeugen Sie sich,

und rechtfertigen mich. (Sie giebt den Brief mit der Abschrift dem Sir Falle.)

Sir Falle. Da ist, in der That, nicht die geringste Gleichheit.

Lady Falle. Sind Sie blind, mein Schatz? sie sind beyde einander auf ein Haar gleich.

(Sie nimmt sie beyde.)

Sir Falle. Auf ein Haar. Ihre Hand bis auf jeden Strich. Ich will gleich zum Sir Lanstong senden. Izt rieche ich es ; ein verdammtes Komplot ! ich rieche es.

(Geht ab.)

Helena. Vor dem Sir Falle dürfen Sie mir so dreiste ins Angesicht widersprechen, und mich beschämen; aber vor einem unpartheyischen Richter soll es anders gehen.

(Geht ab.)

Zehnter Auftritt.

Lady Falle, allein.

Es ist doch seltsam, daß die Weiber sich so viele Mühe geben einen witzigen Mann zu bekommen, da sie doch bey einem Narren so viele Vortheile genießen können.

D 4

Eilfter Auftritt.

Der Park.

Lady Sanspareil, Vermilia, Merital, Roſſel.

Merital. In der That, Vermilia, Sie handeln ſehr barbariſch, den armen Malvil ſo zu
quälen. Glauben Sie nicht, daß Sie viel zu
verantworten haben, wenn Sie ihn zur Verzwei-
felung bringen? Und ich kann Sie verſichern,
nach gewiſſen Worten, die ihm kürzlich entfallen
ſind, vermuthe ich, daß er wirklich ſo eine Abſicht hat.

Roſſel. Denken Sie nicht, Wittwe, daß ein
gewiſſer gehorſamer Diener von Ihnen in der
nemlichen Gefahr ſey?

Lady Sanspareil. Wenn er es iſt, ſo wünſche
ich ihm eine glückliche Befreyung.

Vermilia. Will er denn, daß ich glauben ſoll,
er ſey unſinnig genug ſeinen Hals in eine Schlinge
zu ſtecken, weil ich nicht raſend genug bin den
meinigen einer noch ärgern Schlinge anzuver-
trauen? Nein, nein; alle Mannsperſonen brau-

chen die Worte Strick, Dolch, Degen, Pistolen,
ꝛc. nur als Verzierungen der Rede; oder wenn sie
doch etwas damit meynen, so ist es uns zu schrecken, aber gar nicht sich selbst zu schaden.

Lady Sanspareil. Aber ich will mich durch
Drohungen nicht schrecken lassen. Erst zeige mir
mein Galan, daß er wirklich henkt, und dann —
will ich sagen — Armer Stephan, leider! er
liebte.

Merital. Da könnten Sie mit Recht sagen,
daß er mehr Liebe als Vernunft gehabt hätte.

Vermilia. Warum wollen Sie uns denn eine
so verächtliche Meynung von Ihrer Vernunft
beybringen?

Merital. Malvil sagt, das sey der sicherste Weg
Ihre Liebe zu gewinnen; je niedriger Sie von
unserm Verstande dächten, desto höher stünden
wir in Ihrer Gunst. Er vergleichet dieses mit
zwo Wagschaalen, wovon die eine steigt, so wie
die andre fällt.

Lady Sanspareil. Auf mein Wort, er hat
Recht! denn wer erwartet Witz in einem Liebhaber, oder gute Musik in einer englischen Oper,
oder gesunden Verstand in einer welschen? —

Das sind alle drey wahre Farcen! Nicht, daß
ich wollte, daß so ein Geschöpf ganz unvernünftig
wäre; nein, so viel ungefehr möchte ich ihm
wünschen, um uns wie ein Affe oder ein Papagey
zu belustigen und die Zeit zu vertreiben, daß er
ein halbes Lieblings-Lied singen, ein neues Schau-
spiel lesen, oder eine Partie Quadrille mitmachen
könnte.

Merital. So wie ein Stuhl im Contretanz
eine Stelle ersetzt, oder ein Landrichter einen Stuhl
bey der Gerichtssitzung anfüllt.

Lady Sanspareil. Richtig. Wenn ein Liebhaber zum Kartenspiel zugelassen wird, so sollte
er ein feyerliches Stillschweigen beobachten, und
beständig auf seine Geliebte Acht geben. Er muß
lachen, wenn sie lacht; seufzen, wenn sie seufzt.
Kurz, er sollte der Schatten ihres Gemüths seyn.
Einer Dame sollte es in Gegenwart ihres Lieb-
habers nie an einem Spiegel fehlen, so wie es
einem Stutzer in Gegenwart eines Spiegels nie
an einer Geliebten fehlt.

Merital. Weil denn ein Liebhaber ein so närrisches Ding ist, so machen Sie doch einen zum
Ehemann, Madame.

Lady Sanspareil. Ha! der Name selbst macht mir schon Kopfweh.

Rossel. Es ist ein Recept, das manche Dame von meiner Bekanntschaft vom Kopfweh geheilt hat.

Merital. Allein, Lady Sanspareil, was wür‑ den Sie denn zu einem Liebhaber sagen, der sich an Ihre Vernunft wendete, der Sie von dem eigentlichen Endzweck der Erschaffung der Weiber, und von den Freuden und Wohlthaten des Ehe‑ standes zu überzeugen suchte? wenn er Ihnen aus dem Lichte der Natur und der Offenbarung das System der platonischen Liebe erklärte; wenn er seine Ansprüche von seiner Weisheit, und seine Beweise von seiner Philosophie hernehmen sollte?

Lady Sanspareil. Hätte er mehr Philosophie, als Liebe, so würde ich ihm rathen seine Heilung bey der ersten zu suchen. Hätte er aber mehr Liebe als Philosophie — nun, so sey ihm der Himmel gnädig.

Merital. Gerade so ein Liebhaber ist für Sie angekommen.

Lady Sanspareil. Behüten uns die Götter! Es ist doch wohl nicht Seneca's Geist?

Merital. Nein, es ist der Geist eines abgeschiedenen Stutzers, in der Kleidung eines Landjunkers, mit den Grundsätzen eines athenienfischen Philosophen und der Liebe eines arkadischen Schäfers.

Lady Sanspareil (bey Seite.) Das muß Weiserer seyn!

Vermilia. Das muß wirklich ein Mischmasch von allem seyn. Vielleicht ist in diesem einzigen eine eben so lächerliche Mannigfaltigkeit, als in allen Ihren übrigen Bewunderern.

Roffel. Mannigfaltigkeit genug; denn nach seiner Kleidung sollten Sie glauben, er käme von Nordfrießland, und nach seinen Sitten, brühstebend heiß von dem Vorgebirge der guten Hoffnung.

Lady Sanspareil. Pfui! Sie scherzen.

Merital. Ganz im Ernst: der Mann verdient eh' Mitleiden, als daß man über ihn spassen sollte. Er schickt sich besser für eine Elegie, als eine Satyre. Er sieht so melancholisch, so bösartig und so ungereimt aus, wie ich einen jungen Dichter gesehen, der die dritte Vorstellung seines Stücks nicht überleben konnte.

Roffel. Oder — wie ein alter Neuverheyra,theter, der die dritte Nacht überlebt hatte.

Vermilia. Liebe Lady Sanspareil, lassen Sie uns umkehren, denn ich sehe einen kommen, dem ich gerne ausweichen möchte.

Merital. Sie werden doch nicht so grausam seyn : ich will Sie verrathen.

Vermilia. Thun Sie es, so will ich mich bey der Helena an Ihnen rächen.

Zwölfter Auftritt.

Merital, Malvil.

Malvil. Wer sind diese schönen Damen, die Du so eben verließest ?

Merital. Einige von Roffels Bekanntschaften.

Malvil. War nicht Vermilia dabey ?

Merital. Ja.

Malvil. Meynst Du es freundschaftlich mit mir, Merital ?

Merital. Ja, wahrhaftig, sehr freundschaftlich. Wäre ich Dein Advocat gewesen, ich hätte mich Deiner Sache nicht eifriger annehmen können. Ich habe wirklich Deinen Anwalt vorgestellt.

Malvil. Hölle und Furien!

Merital. Wie, ich glaube gar, Du bist eifersüchtig. Komm, willst Du mit mir zu Mittag essen?

Malvil. Ich bin versprochen, ich will aber um fünfe zu dir kommen.

Merital. Um die Stunde bin ich auch versprochen, meine Geliebte hat mich bestellt.

Malvil. Deine Geliebte? um fünfe?

Merital. Ja, und welche Geliebte! allein ich sehe, Du bist izt nicht aufgeräumt; ich mag Dir also alle meine Glückseligkeit nicht erzählen; denn die Liebhaber sind unter allen andern Geschöpfen am meisten dem Neide unterworfen. Adieu.

Dreyzehnter Auftritt.

Malvil, allein.

Du sollst finden, daß sie auch der Wuth fähig sind. Lachst Du bey dem glücklichen Erfolge Deines Streiches? Doch sollte fast sein offenes, unverstelltes Betragen mich überreden, daß er keine üble Absicht hätte. Er erwähnte auch heute Morgen etwas von einer andern Geliebten. Allein,

Das kann er ersonnen haben, um meinen Argwohn zu blenden. So wird es seyn. Vermiliens
zärtliche Ausdrücke, ihre Bestellung, seine Aus-
flüchte, O, das sind alles auffallende Beweise!
ich bin überzeugt. Und doch kann der Anschein
betrügen. Nun, ich will noch einmal zu ihr
gehen. Finde ich sie unschuldig, so bin ich glücklich; wo nicht, so erfahre ich ihr Verbrechen, und
das wird mich von der Liebe heilen. Eine ängst-
liche Ungewißheit ist die größte unter allen Mar-
tern.

Dritte Handlung.

Erster Auftritt.

Lady Sanspareil's Haus.

Malvil, Vermilia.

Malvil.

Wodurch habe ich diese Behandlung verdient, Madame? Warum begegnen Sie mir so verächtlich, daß ich wie ein Jungfernknecht immer hinter Ihnen her tändeln muß, während Zeit Sie einen andern Liebhaber begünstigen?

Vermilia. Einen andern!

Malvil. Sie wissen zu wohl, daß ich Sie mit Recht beschuldige; Ihre sanfte, schmachtende Zärtlichkeit, gegen meinen Mitbuhler, das übertriebene Lob des Meritals, Ihr Spaziergang diesen Morgen in dem Park, der Rendevous, den Sie ihm gegeben, alles ist mir bekannt.

Vermilia. O Eifersucht, du Brut und Gift der Liebe! Rascher, träumender, unsinniger Mann!

Könnten

Könnten Sie aus Ihrem Irrthum erwachen und sehen, wie grob Sie mir Unrecht thun, es müßte einen brennenden Abscheu in Ihrer Seele erwecken, wenn Sie noch einen Funken Menschenliebe besäßen.

Malvil. O zu finden, daß ich Unrecht hätte, wäre ärger als zehn tausendmal sterben: ich wollte es thun, um Ihre Unschuld zu beweisen.

Vermilia. Um zu glauben, daß Sie unschuldig sind, muß ich glauben, daß Sie unsinnig sind. Ich wüßte keine andre Entschuldigung zu erdenken.

Malvil. Ein kleines Nachdenken über Ihre Aufführung, Madame, wird die meinige in allen Stücken rechtfertigen, nur meine Liebe nicht.

Vermilia. Nennen Sie die edle Leidenschaft nicht. Ein Wilder ist deren so gut fähig, als Sie. Und Sie beschuldigen mich noch einer Liebe zu Merital? Er hat eben so viele Tugenden, als Sie Fehler haben. Die Stolzeste von meinem Geschlechte dürfte mit seiner Liebe siegprangen; die schlechteste müßte sich der Ihrigen schämen. — Gehn Sie, versuchen Sie Ihr Schicksal und die Natur, die Sie zum Gegenstande unsrer Ver-

E

achtung gemacht haben : aber danken Sie es Ihrer Eifersucht, die Ihnen entdeckt hat, daß Sie der Spott eines glücklichen Nebenbuhlers und — mein Abscheu sind.

Zweyter Auftritt.

Malvil, Hasches. (Malvil steht in tiefem Erstaunen.)

Hasches. Potz tausend, potz Velten! Was giebts ? Meine Gebieterinn ist ganz wüthend weggegangen.

Malvil. Sie weiß genug, um noch zu fragen. Hier, nehm' Sie diesen Brief, und wenn Merital zur bestellten Zeit kömmt, so übergeb' Sie ihm selben. Aber ja noch ehe er mit Ihrer Gebieterinn spricht; denn ich habe hiebey einen Entwurf, der sie auf ewig trennen wird. — Ueberliefern Sie ihn sorgfältig.

Hasches. Ja, Herr.

Malvil. Suche Sie inzwischen zu erfahren, so viel sie kann, und komm Sie morgen zu mir auf mein Zimmer — Nehm' Sie diesen Kuß als ein Handgeld, was ich ferner für Sie thun will.

Dritter Auftritt.

Hasches, alleine.

Mich deucht, ich möchte doch auch gerne wissen, was dies für ein Entwurf ist. Ich will es wissen, und muß es wissen. Nur mit Oblaten versiegelt? — Ich will ihn öffnen und lesen. Aber da kommen die Damen.

Vierter Auftritt.

Lady Sanspareil, Vermilia.

Lady Sanspareil. Ha, ha, ha! So ist dem armen Kerl ein Anfall von der Eifersucht in Kopf gestoßen, und er hat ganz tragisch gewütet. Sehen Sie nicht so einfältig aus, meine Liebe. Wollen Sie sich Kopfweh verursachen, weil er sich Miene giebt?

Vermilia. Es thut mir nur leid, daß ich je günstig an ihn gedacht habe.

Lady Sanspareil. Da haben Sie keine Ursache dazu; denn Sie haben die Rache in ihren Händen, da ihn doch nichts als der Ehestand von seinem Wahnwitz heilen kann.

E 2

Vermilia. Wenn ich ihm diese Heilung ver=
schaffe, so mag —

Lady Sanspareil. O, ja keine Flüche, keine
Eidschwüre. Wollen Sie doch durchaus schwören,
nun so schwören Sie so: „Das nächste mal, da
„ ich wieder geneigt bin, ihm zu vergeben, mag
„ er dann so halsstarrig seyn, es nicht zu be=
„ gehren! „ Das ist gewiß Fluch genug.

Vermilia. O, liebe Sanspareil, scherzen Sie
nicht über diese Sache.

Lady Sanspareil. Ist denn eine Sache in
der Welt, die besser Scherz verdient, als eben
diese? Sie wissen, daß die Weisen immer mit der
Liebe ihren Scherz getrieben haben.

Vermilia. Ja, und die Liebe hat auch oft
Scherz mit den Weisen getrieben; sie scheinen nur
darum mit ihr zu zanken, weil sie am wenigsten
glücklich darinnen sind.

Lady Sanspareil. Nun, wenn Sie der Liebe
das Wort reden, so werde ich denken —

Vermilia. Was?

Lady Sanspareil. Daß Sie verliebt sind.

Vermilia. Sie sind satyrisch, bösherzig, ir=
rend —

Lady Sanspareil. Seyn Sie nicht so übler Laune, mein Kind, der Bursche wird doch noch der Ihrige.

Fünfter Auftritt.
Rossel. die Vorigen.

Rossel. Ihr unterthäniger Diener, Ladies.

Lady Sanspareil. O, Sie kommen zur gelegenen Zeit: die arme Vermilia hat erschreckliche Dünste, die ihr in den Kopf steigen, und Sie sind ein geschickter Arzt, wie wir wissen.

Rossel. Was hilft aber die Geschicklichkeit des Arztes, wenn der Kranke seinem Rath nicht folgen will?

Vermilia. Wenn er sich in der Krankheit irrt, so taugt sein Rath nichts. Und ich versichere Sie, daß ich nie weniger aufsteigende Dünste verspürt, als eben itzt.

Lady Sanspareil. Das ist eine gefährliche Symptom; denn wenn eine kranke Dame sich wohl zu seyn glaubt, so muß ihr Fieber wirklich sehr stark seyn.

Rossel (bey Seite.) Der Henker hole sie; ich wollt: sie wäre todt, sie ist mir immer im Wege.

Vermilia. Ihr spielet beyde den Arzt, um mich zu überreden, daß ich krank sey.

Rossel. Ich, Madame, glaube, daß Sie wenig in Gefahr sind. Allein, Wittwe, die ganze Stadt wundert sich, daß Sie nicht an den vielen Bewerbungen und Aufwartungen endlich einen Ekel bekommen.

Lady Sanspareil. Bewerbungen und Aufwartungen, Herr Rossel, sind Gerichte, die dem Gaumen der Frauenzimmer recht wohl thun.

Rossel. Allein, es giebt noch einen zweyten Auftrag, der angenehmer ist, und auch besser für den Gaumen der Frauenzimmer zugerichtet ist. Bewerbung ist nur ein langes, dummes Gebet vor einer reichen Mahlzeit, ein Gift für einen starken Hunger. Leute von Lebensart sagen bloß Benedicite und greifen zu.

Lady Sanspareil. Nein, mein Herr, nicht so. Bewerbung ist dem Ehestande, was ein schöner Zugang einem alten verfallenen Schlosse ist, dessen Vordertheil man verschönert hat : so bald wir darin sind und die Thür hinter uns verschlossen, so entdecken wir einen uralten, schimmlichten, lumpichten Saal, dessen einzige Zieraten ein Paar

ungeheuer große Hirschhörner mit vielen Geschoßen
sind — Jämmerliches Sinnbild des Eheßandes!

Sechster Auftritt.

Lord Formal. Die Vorigen.

Lord Formal. Ladies, ich bin Ihr ergebenster, gehorsamster und unterthänigster Diener. —
Herr Roßel, ich bin Ihr gewidmeter Diener.

Roßel. Das ist ein übertriebenes Kompliment,
Mylord; wir wissen alle, daß Sie den Damen
ganz allein gewidmet sind.

Lady Sanspareil. Das ist ein übertriebenes
Kompliment für uns; denn wir alle müßten über
einen so zierlichen Gewidmeten stolz werden.

Lord Formal. Eure Herrlichkeit haben mit
diesem einzigen Worte mehr Stolz in die Ingredienzen meiner Natur geschüttet, als je vorhero
darinne war, seit sie sich zur Bildung eines Menschen zuerst mit einander vermischten. Und wenn
meine Ansprüche, mein Titel, oder die Meynung,
welche die Welt (ich will eben nicht sagen mit
Recht) von mir hat, mich der Quelle der Schönheit angenehm machen kann, so wollte ich mit

E 4

Vergnügen alle andere Kanäle verstopfen, und diesen reinen Strom der Freude allein von ihr herfliessen lassen.

Lady Sanspareil. Da würde ich mir den Neid der ganzen Welt auf den Hals ziehen; und eben so unbillig seyn, als wenn ich ein Monopolium über das Sonnenlicht verlangen sollte.

Lord Formal. Wie Eure Herrlichkeit zu sagen belieben, ich bin mit der Sonne verglichen worden; allein die Vergleichung wird nicht Stich halten, wenn man sie weiter treibt; denn die Sonne scheint auf alle gleich, da hingegen mein Einfluß sich gerne auf einen einzigen Mittelpunkt einschränken möchte.

Roffel. Mich deucht, Mylord, Sie, als ein Herr von feiner Lebensart, sollten in Gegenwart der Damen dergleichen Dinge nicht so umständlich sagen.

Vermilla. O, einem Liebhaber dürfen wir die kleinen Umstände schon verzeihen; außerdem ist der Lord Formal so vollkommen Meister der feinen Lebensart, daß wenn er auch ein wenig von der gemeinen Bahn ausweichen sollte, so würde man es nicht für einen Fehler, sondern für ein Beyspiel zum Nachahmen ansehen.

Lady Sanspareil. O, wir werden nie den französischen Hof an Glanz übertreffen, bis nicht Lord Formal an der Spitze des affaires du beau monde ist.

Lord Formal. Eurer Herrlichkeit Komplimente fliessen so überschwemmend daher, daß sie den schwachen Strom der meinigen mit Gewalt wieder zurück treiben. Allein, ich habe mir wirklich einige Mühe gegeben, Grundsätze der feinen Lebensart einzuflössen: ich habe Regeln festgesetzt, die genau bestimmen, was Entfernung, Unterschied, Unterthänigkeit, Ceremonien, Lachen, Ernsten, Liebäugeln, Besuchen, Beschimpfen, Ehrfurcht, Stolz, Liebe ꝛc. betrift.

Vermilia. Haben Eure Herrlichkeit das Buch drucken lassen? es muß stark gelesen werden, denn es verspricht viel — Und dann, der Name des Verfassers —

Rossel (bey Seite.) Verspricht nichts.

Lord Formal. Ich bin gar nicht entschlossen, es drucken zu lassen; denn es giebt eine Gattung höchst ungesitteter Leute, die man Kritiker nennt, mit denen mag ich mich nicht einlassen.

Siebenter Auftritt.
Sir Falle, Sir Lanstong, Helena, die Vorigen.

Sir Falle. Ihr unterthäniger Diener, Ladies. Meine Herren, Ihr Diener.

Lady Sanspareil. Man sieht Sie selten, Sir Falle.

Sir Falle. Das ist wahr, Base; Sie müssen es nicht übel nehmen, wenn wir Sie nicht öfterer besuchen; ich habe die Hände voller Geschäfte, und das arme Mädchen ist nirgends ruhiger, als zu Hause. Die Fallen sind keine Herumläufer; unsere Weiber bleiben zu Hause, und verrichten ihre Geschäfte.

Rossel (bey Seite.) Die Geschäfte ihrer Männer, wie ich glaube.

Sir Falle. Es sind keine von den tändelnden, hüpfenden, stichelnden Jüngferchen, die Quecksilber im Leibe zu haben scheinen, die den ganzen Vormittag schlafen, den ganzen Nachmittag mit Putzen und die ganze Nacht mit Kartenspielen zubringen.

Unsere Töchter stehen vor der Sonne auf und gehen mit ihr zu Bette. Die Fallen sind Hausfrauen, Base. Wir lehren unsere Töchter statt einer Verbeugung, eine Pastete machen; und zeigen ihnen die nützliche alte englische Kunst, das Stärken, statt jenes heydnischen Luftsprungs, den man Tanzen nennt.

Lord Formal. Sir, erlauben Sie mir, daß ich mich unterstehen darf, Ihnen um Verzeihung zu bitten.

Sir Lanstong. Sir, Schwiegervater, Sie werden doch in Gegenwart der Damen nicht das Tanzen verachten? Stärken, zum Henker! verzeihen Sie ihm, Madame, Sir Falle ist ein wenig à la Campagne.

Sir Falle. Tanzen zeugt Wärme, welches die Mutter der Wollust ist. Kurz, mein Herr, es ist die Großmutter der Hahnreyschaft.

Lord Formal. O, Unmenschlichkeit! Sir, es ist die herrlichste Erfindung der menschlichen Einbildungskraft, und das vollkommenste Merkmaal, das uns von den Thieren unterscheidet.

Sir Falle. Ja, Herr, es mag vielleicht einigen dienen; aber die Fallen hatten immer Ursache sich auszuzeichnen.

Lord Formal. Sie scheinen mich unrecht zu verstehen : ich meyne, es unterscheidet die feine, höfliche Welt von der groben und wilden.

Lady Sanspareil. Haben Sie die neue Oper gesehen, Helena.

Helena. Ich habe noch nie eine Oper gesehen, und ich bin wirklich sehr neugierig —

Lord Formal. Darf ich mich unterstehen, und um die Ehre bitten, Sie dahin zu führen?

Sir Falle. Herr, Herr, meine Nichte hat eine Antipathie wider die Musik : sie macht ihr allezeit Kopfweh.

Sir Langtong. Ha, ha, ha ! Musik einer Dame Kopfweh machen !

Sir Falle. Ja, und auch ihrem Manne Herzweh, bei der rechten Hand der Fallen !

Lord Formal. Ich bitte, Sir, wer sind die Fallen?

Sir Falle. Die Familie der Fallen, Sir, ist eine ehrwürdige Familie, Sir. Wir zählen zum wenigsten funfzig Ritter von der Grafschaft, Lieutenant Deputirte, und Obersten von der Landmiliz darunter. Vielleicht führt der Großmogul kein besseres Wapen. Es ist ein kriechender Löwe, ein liegender Wolf, und eine laufende Katze im rothen Felde.

Lord Formal. Es braucht nur noch Stützen, um recht wahr alt adelich zu seyn.

Sir Falle. Stützen, Sir! es hat sechstausend Pfund jährliche Einkünfte, um seinen Adel zu unterstützen, Sir, und abermal sechstausend jährlich, um sein Alterthum zu unterstützen.

Lord Formal. Sir, Sie werden mir erlauben, daß ich mit aller ersinnlichen Ehrerbietung, die Ihrer bessern Beurtheilung gebühret, dennoch zweifle, ob es angehe, daß man irgend einem Wapen den Titel von Adel beylege, dem es jämmerlicher Weise an einer Krone gebricht.

Sir Falle. Was? Sir! verachten Sie den Adel meines Wapens, Sir? Wenn Sie das thun, Sir, so muß ich Ihnen sagen, daß es Ihnen jämmerlicher Weise an gesundem Verstande gebricht.

Lady Sanspareil. O, pfui, Sir Falle! Sie verfahren zu hart mit Seiner Herrlichkeit.

Sir Falle. Er ist also ein Lord! — und was ist das? Ein alter engländischer Baron ist mehr, als ein Lord! Ein Titel von gestern! eine Neuerung! Wo waren zu den Zeiten Julius Cäsars

die Lords? He! Und daß der ein Baron war,
ist deutlich bewiesen, weil man ihn bey seinem
Taufnamen nennt.

Vermilia. Taufnamen! ich dächte, Julius
lebte noch vor dem Christenthum.

Sir Falle. Und was macht das, Madame?
er konnte doch wohl Baron genennt werden, ohne
ein Christ zu seyn? Allein ich vermuthe gar nicht,
daß unser Alterthum bey Ihnen eine Empfehlung
seyn wird: die Frauenzimmer lieben Aufschößlinge,
bey der rechten Hand der Fallen!

Achter Auftritt.

Weiserer. Die Vorigen.

Weiserer. Ha! Verleihe mir Geduld, o Himmel! (Zu Lady Sanspareil.) Madame, wenn eine
Abwesenheit von fünf Monaten nicht ganz in Ihrem
Gedächtnisse ausgelöscht hat, was zwischen uns
vorgegangen, so müssen Sie sich meiner mit Erröthen erinnern. Itzt nicht zu erröthen, wäre
Ihrem Geschlechte entsagen.

Lady Sanspareil. Und Sie, mein Herr,
entsagen der Menschenliebe, indem Sie mich so
öffentlich beschimpfen.

Weiferer. Wie sehr habe ich mich in meiner Meynung von Ihrer gesunden Vernunft betrogen! Doch London kann eine Heilige verführen. So bald eine Wittwe in diese schlechte Stadt kömmt, steht ihr Haus allen Gästen offen. Alle, alle sind willkommen. Ihr Wapenschild hieng anfangs (*) über Ihrer Thüre, um Besuche abzuweisen; itzt hängt es da zu dem nemlichen gastfreyen Endzweck, wie jene Zettel: Hier sind Zimmer zu vermiethen; nur mit diesem Unterschied, daß diese zu einer feilen, und jene zu einer zechfreyen Bewirthung einladet.

Roffel. Herr, eine solche Aufführung wird hier nicht geduldet.

Sir Lanstong. Nein, Herr, diese Aufführung Herr, wird hier nicht geduldet, Herr.

Lord Formal. Bey meinem Titel! es stimmt nicht ganz mit den Vorschriften der vollkommen feinen Lebensart überein.

Lady Sanspareil. Ich bitte, meine Herren, lassen Sie es hingehen.

Weiferer. Madame, ich bin vielleicht zu rauh gewesen: ich hoffe, Sie werden mir verzeihen. Die plötzliche Ueberraschung eines solchen Anblicks

_____

(*) Nach dem Tode ihres Gemahls,

bemächtigte ſich meiner Sinnen, als wenn ich mit
den Gegenſtänden ſpⁿratheſirte, die ich ſahe.
Allein ich komme wieder zu mir ſelbſt.　Itzt iſt
meine Vernunf. kälter: ich kann Ihnen Ihre
Irrthümer mit ſchöneren Farben malen. Erſchrecken
Sie nicht über das Wort, glauben Sie ſich auch
nicht beleidiget, weil ich es in Gegenwart ſo vieler
von Ihren Bewunderern gebrauche. Denn ſo lebhaft
meine Farben auch ſind, ſo iſt doch das ſchwache
Auge ihres Verſtandes zu blöde, ſie zu unterſchei-
den. Sie werden ſie für Schönheiten halten: ſie
werden Sie deswegen verehren. Sie können eine
Krone auf Ihre Kutſche bekommen, da zweiſe
ich nicht daran.　Ein großes Leibgedinge iſt ein
eben ſo guter Titel auf einen Lord, als eine Krone
an der Kutſche auf eine ſchöne Dame.

Lady Sanspareil. Ha, ha, ha! Witzig und
wahr, bey meiner Treue! denn nach meiner
Meynung iſt ein Lord das artigſte Ding von der
Welt.

Lord Formal. Und Eure Herrlichkeit können
ihn zum glücklichſten Dinge von der Welt machen.

Weiſerer. O Natur, Natur! Warum bildeteſt
du das Weib an Schönheit das Meiſterſtück der

Schö-

Schöpfung, und gabst ihr eine Seele, die sich von der flitterhaften Außenseite eines Gecken, wie dieser ist, so leicht fangen läßt? dies leere, bunte, namenlose Ding!

Lord Formal. Erlauben Sie mir Ihnen zu sagen, mein Herr, dies namenlose Ding wird, troß Ihrem Neide, den Damen angenehm seyn.

Weiserer. Madame, bey allem was himmlisch ist, ich liebe Sie mehr, als mein Leben! O, warum darf ich nicht sagen, mehr als die Weisheit! Ist es nicht in meinem Vermögen, Ihre Gegenliebe zu verdienen, nun, so gewähren Sie mir nur diese Bitte, und jagen diese Schelmen, diese Raubvögel von sich hinweg; Wölfe sind barmherziger als diese Bursche. Was ist anders ihre Absicht, als mit Ihrem Reichthum zu schwelgen? Ihre grenzenlose-Reizungen ihren frechen Begierden aufzuopfern? ihre verzweifelnde Gläubiger mit Ihrem Golde zu bezahlen? Sie zu plündern, Sie zu Grunde zu richten, ja zu machen, daß Sie den glücklichen Tag Ihrer Geburt verfluchen müssen!

Lord Formal. Dies ist der gröbste Herr,

F

der je meine Ohren beleidigte, seit dem sie zuerst
das Vermögen des Hörens genossen. (Bey Seite.)

Verintilia. Das ist mir unbegreiflich.

Lady Sansparcil. O, meine Liebe, wissen
Sie denn nicht, daß er vormals ein Stutzer, und
in seiner Zeit eben nicht übel aufgenommen war?
Aber seit dem er aufs Land gegangen, und sich in
seiner Studierstube mit einer Menge papierener
Philosophen eingeschlossen hat, ist der, der ehe als
ein Schmetterling weggieng, als ein Bücherwurm
wieder gekommen. Ha, ha, ha!

Alle. Ha, ha, ha!

Weiserer. Wenn der Spott eines Frauenzimmers einmal im Lauf ist, so steht er selten ehe still,
bis er all ihren Witz erschöpft hat.

Rossel. Mord Element! Ich rathe Ihnen davon zu waten, eh' der Strom zu hoch anläuft,
denn Ihre Philosophie macht gewiß noch, daß Sie
hier versinken müssen.

Sir Falle. Ja, ja, ganz gewiß versinken: denn
bey der rechten Hand der Fallen, Frauenzimmer-
Witz ist selten was anders als Schaum.

Rossel. Ich habe schon ehe gesehen, daß man-
chem weisen Ritter darüber der Schaum vor das
Maul getreten.

Dermilia. O, das muß das wahre Zeichen seyn, woran man einen Liebhaber erkennt.

Weiserer. O, sehr wahrscheinlich, denn, es ist das gewisse Zeichen eines Unsinnigen.

Lord Formal. Wenn das gleichbedeutende Benennungen sind, so bin ich längst in eine Art von Raserey verfallen.

Weiserer. Bleibe ich länger hier, so werde ich wirklich rasend. — Madame, leben Sie wohl, der Himmel öffne Ihre Augen, eh' das Verderben sie schließt.

(Geht ab.)

Neunter Auftritt.
Die Vorigen.

Lady Sanspareil. Ha, ha, ha! Grober Bauer! haben Sie je solch ein Geschöpf gesehen?

Lord Formal. Nein, bey meinem Titel nicht! auch bin ich nicht ganz vollkommen mit mir selbst einig, zu was für einer Gattung Thiere ich ihn zählen soll; es sey denn zu jenen barbarischen Insekten, die man Landjunker nennt.

Sir Falle. Barbarisch! Herr, Sie müssen wissen, daß es keine gutherzigere und besser denkende Leute auf dem Erdboden giebt.

F 2

Helena (bey Seite.) Es macht mich unruhig, daß Merital sein Wort nicht hält. — Oheim, meine Base wird vor uns zu Hause seyn.

Sir Falle. Das wird sie auch, mein Hühnchen. Sehen Sie, Base, daß die Fallen nicht gerne außer Hause herumlaufen.

Lord Formal. Darf ich mich unterstehen, Sie zu Ihrer Kutsche zu führen?

Sir Falle. Herr, ich führe meine Nichte allezeit selbst; es ist die Sitte der Fallen.

Lord Formal. Herr, Ihr gehorsamster, unterthänigster Diener. (Sir Falle und Helena gehen ab.)

Zehnter Auftritt.

Die Vorigen.

Lord Formal (bey Seite.) Wenn sie alle Euch gleichen, so ist die Fallische Familie die ungesittetste in ganz Europa. (Laut.) Die Dame, die der Herr bey sich hatte, ist vermuthlich eine Erbin?

Sir Lanstong. Sie soll morgen früh meine Frau werden.

Lady Sanspareil. Wie, Sir Lanstong? das ist erstaunlich!

Sir Lanstong. Ha! die Wahrheit zu sagen, ich bin eben kein Freund von der Landerziehung; aber ich denke doch, die Stadtluft soll bald eine Stadterziehung hervorbringen. Nichts konnte ungeschickter, tölpischer seyn, als die Lady Husar, da sie zuerst in die Stadt kam; und itzt schwimmt sie eine Menuette, und sitzt acht und vierzig Stunden beym Quadrille = Spiel.

Lord Formal. Ihre Herrlichkeit hat es meinem Unterrichte zu verdanken: denn es ist weltbekannt, daß eh' ich noch die Ehre ihrer Bekanntschaft hatte, die Lady öffentlich von jener göttlichen Sammlung der feinen Gelehrsamkeit überredete, die der gelehrte Herr Gulliver geschrieben hat. Aber itzt, so bald sie das Buch nur nennen hört, geräth sie in die erhabenste Entzückung und ruft: O, die schönen, lieben, artigen, süßen kleinen Geschöpfe! O, Velten! O Martin! wäre ich doch auch eine Lilliputianerinn!

Lady Sanspareil. Allein, Sir Lanstong, mich deucht, ein Frauenzimmer, das die Welt gesehen hätte, würde Ihrem verfeinerten Geschmack angenehmer gewesen seyn: ich habe ja auch von Ihnen gehört, daß Sie eine Wittwe liebten.

F 3

Sir Lanstong (bey Seite.) Ha! l'Amour! eine vollkommene Erklärung! sie liebt mich, mardi! — (Laut.) Ach! — Madame! wenn ich mich erklären dürfte — es ist eine gewisse Person in der Welt, welche in den Augen einer gewissen Person eine angenehmere Person ist, als irgend eine Person unter allen Personen, welche Personen angenehme Personen zu seyn glauben.

Lady Sanspareil. Die Person sey wer sie wolle, so ist sie eine sehr glückliche Person.

Sir Lanstong. Ach! Madame, meine Augen erklären hinlänglich und deutlich genug, daß diese Person keine andere ist, als Eurer Herrlichkeit selbst eigene Person.

Lady Sanspareil. Nun, das habe ich mir alles selbst zugezogen.

Sir Lanstong. Eurer Herrlichkeit Augen sind zwey Magnete, die die Bewunderung aller Manns-personen an sich ziehen. Ihre Tugenden übertreffen die Tugenden des Magnets, denn sie ziehen die goldenen Theile an sich.

Rossel. Ihr Herren, wer geht mit in die Oper?

Lord Formal. O! freylich! Ladies, Ihr un-terthäniger Diener.

Sir Lanstong. Eurer Herrlichkeit immerwäh-
rendes Geschöpfe.

Eilfter Auftritt.

Lady Sanspareil, Vermilia.

Vermilia. Sagen Sie mir doch, meine Liebe,
warum laden Sie sich noch einen Liebhaber mehr
auf den Hals?

Lady Sanspareil. Um meine Base Helena
von der abscheulichen Heyrath zu retten. Sie hat
mich darum gebeten. Ich glaube, daß es itzt geschehen ist, und daß ich eine glückliche Nebenbuhlerinn bin.

Zwölfter Auftritt.

Hasches, die Vorigen.

Hasches. O, Madame, ich habe schon eine
halbe Stunde auf eine Gelegenheit gelauret, mit
Ihnen allein zu sprechen. Es wird erschröckliches
Unheil absetzen. Der Herr Malvil hat mich wegen dem Herrn Merital zur Rede gestellt; da sind
mir einige Worte entfallen, den Augenblick stieg
ihm die Eifersucht im Kopfe, und hier sehen Sie
die Folgen — (Sie übergiebt einen offenen Brief.)

Vermilia. Ha! — eine Herausforderung!
Wie kamst Du dazu?   F 4

Hasches. Madame, er hatte gehört, daß dem Herrn Merital hier im Hause Rendezvous gegeben war, und befahl mir den Brief zu überliefern, und hierauf, und so —

Vermilia. Und so hattest Du die Neugierde, ihn zu öffnen.

Lady Sanspareil. Sie müssen es ihr verzeihen, weil es uns eine Gelegenheit giebt, Unheil zu verhindern.

Vermilia. Verhindern? Nein; ich will es lieber befördern.

Lady Sanspareil. Allein, meine Liebe, überlegen Sie, daß hier das Leben des Unschuldigen sowohl, wie des Schuldigen auf dem Spiel steht.

Hasches. O! liebe Madam, lassen Sie doch den armen Herrn Merital nicht meinen Fehler büßen.

Vermilia. Deinen Fehler?

Hasches. Wenn Sie mir verzeihen wollen, so will ich den ganzen Irrthum entdecken.

Vermilia. Unter der Bedingung will ich Dir Verzeihung versprechen.

Hasches. Ich hatte gehört, daß Miß Helena um fünf Uhr hier seyn würde, dies ließ ich den

Herrn Merital wissen; um eben die Zeit kam der
Herr Malvil, gerade da Eure Gnaden im Park
waren: mir entfielen ein Paar Worte wegen Je-
mand, der hier mit einer Geliebten zusammen
kommen würde, und wie ich vermuthe, so glaubte
Malvil, daß Euer Gnaden darunter gemeynt wären; er gab mir also heute nachmittag diesen
Brief, welchen meine Neugierde —

Vermilia. Sehr schön, in Wahrheit!

Lady Sanspareil. Es fällt mir ein Gedanke
bey, wodurch wir diesen Zufall so benutzen können, daß statt Blutvergießen, ein sehr lustiger
Auftritt daraus wird. He, Hasches, kann Sie
nicht die Aufschrift verändern? kann Sie nicht
aus dem Namen Merital, Weiserer machen?

Hasches. O, Madame, in dergleichen Dingen
bin ich geschickt.

Lady Sanspareil. Komm' Sie zu mir, ich
will Ihr das Mehrere sagen. Geben Sie mir Ihre
Hand, Vermilia, und glauben Sie feste, daß die
Männer sehr einfältige Geschöpfe sind. Wir wollen
über sie lachen, und sie lehren, daß sie, trotz aller
ihrer Geringschätzung, unsere Sklaven, und zu
unserm Dienste gebohren sind.

Dreyzehnter Auftritt.

Sir Fallen's Haus.

Zuerst Lady Falle, hernach Merital. Im Dunkeln.

Lady Falle. Alles ist bereit; izt ist die glückliche Stunde. Ich höre Schritte: er ist es gewiß. Wer ist da? Mein Lieber?

Merital. Mein Leben! meine Seele! meine Freude!

Lady Falle. Sachte, meine Muhme möchte uns hören.

Merital. O, nennen Sie sie nicht, mein Engel. Sie ist ein Gift für die Liebe. Lassen Sie uns diese seligen Augenblicke in sanften Liebkosungen zubringen. O, laß mich meine zärtliche Seele auf Deinen Lippen aushauchen, und Deine eigene Dir sagen, was ich gerne sagen möchte — es wird gewiß zärtlich, wie meine Gedanken, seyn.

Lady Falle (bey Seite.) Was für Narren die Männer sind, wenn sie wegen gewissen Frauenzimmern so einen Lärm machen, da sie doch im Dunkeln nicht eine von der andern kennen!

Merital. Sagen Sie, mein Leben, wie soll ich es veranstalten, daß Sie sicher aus diesem Hause entfliehen können? Bedenken Sie, daß Sie hier in den Klauen nichtswürdiger Menschen sind, die eines kleinen Gewinnstes halber Sie auf ewig unglücklich machen wollen.

Lady Falle. Ich muß meine ganz unüberlegte Kühnheit tadeln, daß ich mich hier so allein her= gewagt habe, um mit Ihnen zu sprechen — Ich fürchte die Stärke der Männer und meine eigene Schwäche. — —

Merital. Der Säugling kann seine Mutter nicht unschuldiger lieben. Meine Helena wird doch nie etwas in meiner Aufführung wahrgenommen ha= ben, worauf sie solch einen Verdacht gründen könnte? Aber scherzen Sie nicht, sondern kommen Sie gleich mit mir; trauen Sie Ihrer Muhme nicht, sie ist listig genug, um tausend Argus zu betriegen.

Lady Falle. O, Sie haben keine Ursache, meine Tante zu verläumden; sie redet allezeit sehr gut von Ihnen, und ich hasse die Undankbarkeit.

(Helena kömmt mit einem Lichte ; so bald sie die Stimme der Lady Falle hört, löscht sie das Licht aus, begiebt sich in einen Winkel der Bühne und horcht.)

Merital (bey Seite.) 'S ist die Muhme selbst! Was habe ich doch für eine elende Nase, daß ich einen Büschel Knoblauch nicht von einem Veilgenstrauß unterscheiden kann! Was mag doch das alles zur Absicht haben? Ich will doch sehen, wie weit sie es treibt: vielleicht verblende ich ihren Argwohn aufs künftige. (Laut.) Nun, nun, Madame, sinnen Sie auf ein Mittel zur Flucht, oder ich werde die gegenwärtige Gelegenheit benutzen. Meine Leiden-schaft will besänftiget seyn.

Lady Falle (mit leiser Stimme.) Ich will meine Muhme rufen, wenn Sie sich unterstehen.

Merital. O, die ist schon hier, Madame, ha, ha, ha! Dachten Sie denn, daß ich eine schöne Frau von einem unreifen Mädchen nicht kennen sollte? Konnten denn nicht meine warme, meine kraftvolle Küsse Ihnen sagen, daß ich wußte, wem ich sie gab? O, Sie müssen schon lang entdeckt haben, daß meine Liebe zu Ihrer Nichte nur Ver-stellung, nur der Deckmantel meiner Flamme ge-gen Sie gewesen sey! Seyn Sie versichert, Ma-dame, Sie hat für mich nichts Reizendes, als ihr Vermögen. Wollen Sie weise handeln, so können Sie sich selbst einen Geliebten, und Ihrem Gelieb-ten ein Vermögen verschaffen.

Lady Falle. O, ich würde meine Tugend beschimpfen, wenn ich Ihnen glaubte.

Merital. Ha, Madame, wen erwarteten Sie denn so eben, als Sie mit schmachtender Stimme riefen : Wer ist da? mein Lieber?

Lady Falle. Ich sehe, ich bin entdeckt; ich will also bekennen —

Merital. Laß mich das theure Wort wegküssen —— (Bey Seite.) Branntewein und Teufelsdreck, beym Jupiter!

Lady Falle. Aber, werden Sie auch ein Mann von Ehre seyn?

Merital (ganz laut.) Ewig, Madame, ewig, so lange diese lieben Augen alles erobern, was sie anschauen. (Bey Seite.) Wenn das nicht Jemanden herbeybringt, so hat der Teufel sein Spiel.

Lady Falle. Reden Sie sachter, mein Lieber, Sie werden das Haus in Aufruhr bringen.

Merital (bey Seite.) So verlegen bin ich noch nie gewesen.

Lady Falle. Ha! ich bin allein, im Dunkeln, nahe bey ist ein Kabinet mit einem Bette; sollten sie etwas wider meine Ehre unternehmen, wer kann sagen, wie weit die Schwachheit meines

Geschlechts nachgeben — einwilligen möchte! oder
sollten Sie mich gar zwingen wollen, wie kann
ich armes, schwaches Weib widerstehen? Aber
dann haben wir doch Recht und Gerechtigkeit! aber
unglücklicher Weise können Sie sich nur zu sehr
auf mein gutes Herz verlassen.

Merital. Bedenken Sie, Madame, daß Sie
in meiner Gewalt sind: erinnern Sie sich Ihrer
Erklärung; Ihr eigener lieber Mund entdeckte mir
Ihre Liebe. Bedenken Sie die Versuchung, in
die mich so viele Schönheit setzt, die Wonne der
angebotenen Freuden, die Zeit, den Ort, und die
Heftigkeit meiner Leidenschaft. Bedenken Sie das
alles, Madame, so können Sie nichts anders
erwarten, als daß ich mich diesen Augenblick aller
meiner Schätze bemächtige.

Lady Falle. Ach! sollten Sie das thun, so —
vergebe es Ihnen der Himmel!

Merital (noch lauter.) Doch um Sie von meiner Großmuth zu überzeugen, so haben Sie Ihre
Freyheit. Ich will nichts ohne Ihre Einwilligung
vornehmen.

Lady Falle. Gut, und um Sie zu überzeugen,
wie sehr ich Ihrer Tugend traue, so gelobe ich,
alles zu gestatten, was Sie begehren wollen.

Merital (*schreyend.*) Und um Sie zu überzeugen, wie gut ich dieses Zutrauen verdiene, so gelobe ich, Ihre tugendhaften Ohren nie wieder mit der Liebe zu versuchen, sondern nach Ihrem Beyspiel mich zu bemühen, meine freche Leidenschaft in reine platonische Liebe zu verändern.

Vierzehnter Auftritt.

Helena, Sir Falle, mit einem großen breiten Schlachtschwert.

Sir Falle. Ich höre sie, ich höre sie.

Lady Falle. Ha! des Sir Fallen's Stimme! Hinweg! hinweg! Satan! alle deine Bitten werden wider meine Tugend nichts vermögen! das ganze Männergeschlecht würde mich nicht bewegen, den gütigsten, den besten Mann zu beleidigen. Ich schwöre, ewig nicht, nicht einmal in Gedanken, nein —

Sir Falle. O! O! O! unvergleichliche Tugend! was habe ich für eine vortrefliche Frau! Licht her! Licht her! bringt Licht!

(Bediente mit Lichtern.)

Lady Falle. O! mein Liebster, Sie kommen zur rechten Zeit! ich konnte kaum mehr widerstehen.

Sir Falle. Herr, was haben Sie hier für Geschäfte?

Merital. Mein gewöhnliches Geschäfte, Hahnreyschaft; mein Herr, meine Absicht geht auf Ihren Kopf und Ihrer Gemahlinn Herz.

Sir Falle. Bey meiner armen Seele, ein sehr höflicher Herr! Sie machen also mit meiner Frau den Anfang?

Merital. Ja, mein Herr, der beste Weg zum Manne, ist durch die Frau.

Sir Falle. Komm weg, mein Schatz, kommen Sie weg, Nichte. Herr, da ist die Thüre; das nächstemal, daß ich Sie wieder hier ertappe, will ich Sie vielleicht lehren, was es auf sich habe, den Sir Falle zum Hahnrey zu machen.

Helena. Ich will in meinem Leben nicht wieder mit Ihnen reden.

Lady Falle. Weh dem Ungeheuer!

(Geben ab.)

Merital. Ihr Ungeheuer geht mit Ihnen, Madame. — So? sehr schön! während ich die alte Muhme mit einer erdichteten Liebe zu blenden suche, horcht die Nichte zu, und die will nicht mehr mit mir reden! 'S kommt doch nie was Gutes heraus, wenn man ein altes Weib liebkoset:

Fünfzehnter Auftritt.

Weiserer's Wohnung.

Weiserer, allein.

Wie schwach muß doch die menschliche Vernunft seyn, wenn die Philosophie unsere Leidenschaft nicht bezwingen kann! wenn wir unsern Irrthum einsehen, und doch darinn beharren können! — Wenn aber die Liebe ein Irrthum ist, warum sollten eben große Seelen diesem Irrthum am meisten unterworfen seyn? Nein, das erste Paar genoß der Liebe im Stande der Unschuld, da war noch kein Irrthum gebohren.

Sechszehnter Auftritt.

Weiserer. Ein Bedienter.

Bedienter. Ein Brief, Herr.

Weiserer (liest.) „ Ihr Gewissen wird Ihnen
„ sagen, daß Sie, trotz unserer vertrauten Freund-
„ schaft, mein geheimer Nebenbuhler sind; wun-
„ dern Sie sich also nicht, wenn ich das Wort
„ Freundschaft zwischen uns auslösche, und Sie
„ morgen früh um sieben Uhr im Hydepark erwarte.
„ Ihr rc. Malvil. „

Was bedeutet das ? Ha ! hier ist noch eine Nachschrift.

„ Der armselige Vorwand, den Sie mir heute
„ Morgen im Park machten, da Sie sagten, daß
„ Sie eine andere liebten, hat meinen Verdacht
„ nicht irre gemacht, sondern vielmehr bestätiget.
„ Ich weiß gewiß, daß Sie bey der Lady Sans-
„ pareil keine andere Geliebte, als die Vermilia
„ suchen. „

Wer brachte den Brief?

Bedienter. Ein Lastträger : er sagte, daß es keiner Antwort bedürfe.

Weiserer. Was soll ich denken ? Träume ich? oder träumte der, der diesen Brief schrieb? Rase-rey hat gewiß die Welt überfallen, und die Men-schen, wie die Glieder eines pestilenzischen Körpers, sind alle mit angesteckt ! Was soll ich thun ? gehe ich, so laufe ich einem Rasenden entgegen ; und doch will ich's thun. Vielleicht kann meine Gegen-wart das Blendwerk auflösen, das von außeror-dentlichen Umständen herrühren muß. Liebe und Eifersucht sind Krankheiten; ich muß also Mitleiden mit ihm haben : denn ich weiß aus schrecklicher Erfahrung, wie schwach die Vernunft dagegen ist.

Vierte Handlung.

Erster Auftritt.

Der Hydepark.

Lady Sanspareil, Vermilia, verlarvt.

Lady Sanspareil.

Jch meyne noch immer, ich hätte hier in dieser Gegend jemanden gesehen, der seinem Gange, seinen Geberden und seiner Kleidung nach, mein Schäfer seyn muß. Nun, Vermilia, dieß ist gewiß der unsinnigste Aufzug — was wird die Welt davon sagen?

Vermilia. Die Welt ist tadelsüchtig und bösartig, wie ein Kritikus: ich achte ihrer Spötterey nicht. Außerdem bekümmere ich mich jetzt um gar nichts mehr. O! meine Liebe! es ist das schätzbarste Privilegium der Freundschaft, daß wir einander unsre Herzen aufdecken und unsre Heimlichkeiten anvertrauen können. — Wüßten Sie die meinigen — O, Sie würden Mitleid mit mir haben.

Zweyter Auftritt.
Weiser. Die Vorigen.

Lady Sanspareil. Ich habe in der That Mitleid mit Ihnen, denn verliebt zu seyn ist gewiß—

Weiser. Heißt närrisch, unsinnig, elend seyn — Verliebt seyn, ist in der Hölle seyn (Indem er von hinten kömmt.)

Lady Sanspareil. Sprechen Sie aus Erfahrung, mein Herr?

Weiser. Aus trauriger Erfahrung — ich bin verliebt gewesen — so ungeheuer verliebt, daß ich, wie ein überspannter Bogen, der ganz schlaff geworden, jetzt alle Frauenzimmer von Herzen hasse.

Lady Sanspareil. Armer Kardenio! Ha, ha, ha! verzweifeln Sie nicht, Sie können noch Ihre Lucinda finden.

Weiser. Nein, sie hat sich selbst in's Verderben gestürzt — sie ist verloren — in einer Wildniß.

Lady Sanspareil. Wie, in einer Wildniß?

Weiser. Ja in der Stadt, der ärgsten von allen Wildnissen! wo Thorheiten, wie Dörner hervor keimen, wo Männer die Rolle der Tiger, und Frauenzimmer die Rolle der Krokodillen spielen; wo das Laster wie ein Löwe herrscht, und die

Tugend, wie Phönix, so selten gefunden wird, daß man sie für ein Mährchen hält. — Allein solche Gedanken gefallen Ihnen nicht, verlassen Sie mich also.

Vermilia. Mein Herr, Sie suchten unsre Gesellschaft aus eigener Wahl.

Lady Sanspareil. Und jetzt, da Sie unsre Neugierde erregten, sollen sie selbe auch befriedigen.

Weiserer. Lieber möchte ich den Teufel hergebannt haben, ich hätte ihn eben so leicht wieder wegbannen können. — Ihre Neugierde, Madame, ist eine Art von Hydra, die Herkules selbst nicht würde zähmen können. So, meine theure Damen, verlassen Sie mich, oder ich werde Ihre falsche Gesichter herunter reißen. —

Lady Sanspareil. Das würden Sie herzlich bereuen.

Weiserer. Vielleicht. Ich glaube in der That, daß Sie den besten Theil von sich zeigen.

Lady Sanspar. Sie würden Ihre halbe Seele darum geben, den besten Theil von mir zu sehen.

Weiserer. Eine halbe Krone will ich mir's kosten lassen. Der beste Anblick für mich ist Ihr Rücken, drehen Sie sich um und gehn fort; Sie

G 3

verlieren Jhre Zeit, wirklich. Was können solche
Leute wie Sie sind, mit einem ungekünstelten
ehrlichen Mann, wie ich bin, haben? Gehen Sie,
suchen Sie Jhr Wildpret. Die Stutzer werden
gleich anfangen zu gähnen, und Trunkenbolde von
ihren Schwelgereyen nach Hause gehen; fallen
Sie da drauf zu, Sie können da Jhr Glück
machen, wenigstens ein Mittagessen verdienen;
bleiben Sie länger hier, so verlieren Sie es.

Lady Sanspareil. Werden Sie nicht böse,
lieber Bauer — denn wir sind beyde auch Inamo-
rato's, wie Sie — ja vielleicht bin ich es von
Jhnen selbst. Zur Hölle, mit der Beständigkeit!
Sie kennen die Welt zu gut, um beständig zu seyn.

Weiserer. Gerade aus Weltkenntniß, Madame,
bin ich beständig — denn ich weis, die Welt hat
nichts, das mir den Tausch bezahlen könnte.

Lady Sanspareil. Gehn Sie, gehn Sie;
Sie würden Gesinnungen annehmen, die mehr
Mode sind, wenn Sie wüßten, daß es ein gewisses Frauenzimmer von Vermögen giebt, die sehr
gut von Jhnen denkt; und ich versichere Sie, ich
bin nicht, was ich scheine.

Weiserer. Doch nicht, Madame. Die Größe
ist mir so ekelhaft wie eine vergoldete Pille, und

so wie Glücksgüter nie meine Hochachtung für ihren Besitzer erwerben können, eben so wenig können sie auch meine Liebe erregen. Ich habe kein feiles Herz; es erkennt auch nur eine Gebieterinn. Alle seine großen Zimmer sind alle, alle derjenigen gewidmet, die mich hasset und verachtet. Ja, sie hat mich verlassen, und ich will mich der Verzweiflung überlassen; verlassen Sie mich also auch: denn solche Menschen, wie Sie, können nichts mit dem Unglücklichen gemein haben.

Lady Sanspareil. (Bey Seite.) Großmüthiger, würdiger Mann! — (laut.) Romantischer Unsinn! ich sage Ihnen, ich bin ein Frauenzimmer von Familie und Vermögen, vielleicht besitze ich auch Schönheit; ich bin aber so in Ihre Gemüthsart, in Ihre Laune verliebt, daß mein Leben in Ihrer Gewalt steht.

Weiserer. Ich wollte, daß Ihre Zunge in meiner Gewalt stände; doch ich würde sie unmöglich stille halten können. Mich wundert, daß unsre heutige Philosophen nicht durch die Zergliederung einer Weib'szunge das Perpetuum Mobile entdecken können. Für mich ist das Geschrey der Türken bey einer Attaque, das Heulen der Irrländer bey

G 4

einem Begräbniß, und das Jammern der Indianer bey einer Sonnenfinsterniß, alles noch Musik gegen das Geräusch einer weiblichen Zunge. — Nichts in der Welt gleicht mehr einer solchen Zunge, als eine Klapperschlange: das Geräusch ist eben so unangenehm, und das Gift eben so gefährlich.

Lady Sanspareil. Allein, gleich einer Klapperschlange warnet Sie solche doch auch; wollen Sie aber der Gefahr trotzen, so haben Sie es Ihrer eigenen Kühnheit zu verdanken, wenn Sie verletzt werden.

Weiserer. Die Schlange braucht nicht halb so viele Ränke. Sie bedeckt ihr Gift nicht mit dem Mantel der Liebe. Ihr vergoldet Euren Betrug, wie die Advocaten, und leitet uns zum Elende, indem wir unsrer Glückseligkeit entgegen zu eilen glauben.

Lady Sanspareil. Ha, ha, ha! Gereizte Bosheit! Sie haben ein Vermögen aus Mangel an Geld, und eine Geliebte aus Mangel an Witz verloren.

Weiserer. Mich deucht, daß man diese beyden Dinge durch gerechtere Ansprüche behaupten sollte. Nach meiner Meynung ist kein andrer Anspruch auf Vermögen, als Gerechtigkeit; und auf eine Geliebte, als Verdienste, Liebe und Beständigkeit.

Lady Sanspareil. Ha, ha, ha! So wisse denn, romantischer Held! die Gerechtigkeit ist eine Art von irrenden Rittern, die wir längst zur Welt hinaus gelacht haben. Verdienst, ist Laster; Beständigkeit, Dummheit; und Liebe ein uraltes sächsisches Wort, ganz aus der Mode, das kein feines, wohl erzogenes Weltkind mehr versteht. — Schauen Sie, Herr, ziehen Sie bey einem Advocaten Ihren Geldbeutel, und bey einem Frauenzimmer Ihre Schnupftabacksdose heraus, und ich stehe Ihnen dafür, daß Sie bey beyden zu Ihrem Zwecke gelangen.

Weiserer. Der Beutel kann wohl den Advocaten gewinnen: aber bey dem Frauenzimmer hängt es vom Ohngefähr ab. Sie könnten uns eben so leicht die Kunst lehren, jene flüchtige, leichtsinnige, lüstige Schöne, ihr Sinnbild, die Fortuna zu gewinnen. Denn ihre Gunstbezeugungen werden eben so blindlings ausgetheilt, und sind von eben so kurzer Dauer — wie das Glück, schaden sie oft dem am meisten, gegen den sie am gütigsten zu seyn scheinen.

Dritter Auftritt.
Malvil. Die Vorigen.

Malvil. Weiferer mit Frauenzimmern ! Mein Philosoph ist ein Bruder Lüderlich geworden ! Guten Morgen Edward ! Wie ich sehe, so muß ein Landedelmann auch des Morgens spaziren gehen.

Weiferer (bey Seite.) Was meynt er ? Diese Kälte widerspricht feinem Briefe. (Laut.) Ja, mein Herr, und Sie kommen mir zur rechten Zeit zu Hülfe, sonsten wäre ich durch zwo Wölfinnen verschlungen worden, die noch gieriger sind, als alle Raubthiere in den Wüsteneyen von America.

Malvil. Wirklich, Ladies, es ist barbarisch, ihn beyde zugleich anzufallen, da ihn eine allein hätte überwinden können.

(Er spricht allein mit Vermissa.)

Weiferer. Seyn Sie so gut und verlassen Sie uns, denn der Herr und ich haben ein wichtiges Geschäfte auszumachen.

Lady Sanspareil. Nicht eh' bis Sie uns einen Rendevous geben. Versprechen Sie, daß Sie um zehn Uhr kommen und mich ohne Larve sehen wollen, so verlasse ich sie gleich.

Welſerer. Ich will alles verſprechen, um Sie los zu werden.

Lady Sanspareil. Treten Sie auf die Seite, ich will Ihnen das Zeichen geben.

(Malvil und Vermilia kommen vorwärts.)

Vermilia. In der That! ſo galant!

Malvil. O Madame, ein Frauenzimmer iſt mir nie angenehmer, als beym erſten Anblick; denn, nach meinen Gedanken, wird ein Frauen= zimmer durch öftere Unterredung eben ſo ſchaal, ſo ekel, wie durch langen Beſitz.

Vermilia. Wie wiſſen Sie aber, daß dieſer erſte Anblick angenehm ſeyn wird?

Malvil. Madame, keine Ihres Geſchlechtes hat Reize genug, mich beſtändig zu machen, und keine ſo wenig, daß ſie nicht anfangs meine Be= gierden anfachen ſollte. Iſt aber Dein Geſicht mäch= tig häßlich, ſo behalte Dein Geſicht für Dich ſelbſt, und zeige nur Deine ſonſtigen Verdienſte. Du biſt jung, und gewiß gut gebaut, haſt viel Witz und wenig Sittſamkeit.

Vermilia. O, Unverſchämtheit! Wodurch habe ich denn verrathen, daß es mir an Sittſamkeit mangelt?.

Malvil. Weil Sie Anspruch darauf gemacht haben, mein Kind; und wahrlich! das ist besser, als der wirkliche Besitz. Was ist Sittsamkeit anders, als ein flammendes Schwert, um den Menschen vom Paradiese wegzuscheuchen? Sie ist ein Hans-Wurst mit einer blendenden Laterne, die arme Mädchens auf ihrem Weg zur Glückseligkeit irre führet. Alle Gesellschaften verachten sie; der Advocat nennt sie ein Zeichen einer schlechten Sache; der Soldat, Feigheit; der Höfling, schlechte Lebensart; und die Frauenzimmer, das sicherste Zeichen eines Narren. Sie ist in der That oft ein guter Mantel für die schöne, bunte Außenseite des guten Namens einer Dame gewesen, allein, so wie alle andre Mäntel, ist sie itzt außer Mode, und wird nur noch auf dem Lande getragen.

Vermilia. Um Ihre Unverschämtheit auf einmal zum Stillschweigen zu bringen, so wissen Sie, mein Herr, daß ich eine Person von Stande bin, im höchsten Grad tugendhaft, und von der strengsten Sittsamkeit.

Malvil. Ein Vers ohne Reimen! Der kann Figur in einem hochtrabenden Trauerspiel machen. Vier schön klingende Worte, die gerade gar nichts bedeuten.

Vermilia. Das sind vermuthlich Grundsätze der heutigen feinen Herren. Die Stutzer, wie die Kritiker unsrer Zeiten, wollen keine Vollkommenheiten in andern wahrnehmen, die sie selbst nicht haben. Sie schränken die Meisterhand der Natur in den engen Gränzen ihrer Begriffe ein.

Malvil. Was zum Henker giebts hier! Seneca's Moral unter einer Larve!

Vermilia. Der Titel wird wohl machen, daß Sie nicht weiter lesen mögen.

Malvil. Ich will Ihnen sagen, wie Sie's machen müssen, wenn ich nicht weiter lesen soll.

Vermilia. O sagen Sie!

Malvil. Entlarven Sie sich. Gefällt mir Ihr Gesicht nicht besser, als Ihre Grundsätze, so will ich gleich von beyden meinen Abschied nehmen.

Vermilia. Ich befürchte, daß das ungewiß ist, wenn ich die Gesinnungen überlege, die Sie so eben geäußert haben. — Sind Sie auch so ein Held in der Liebe, wie Ihr Freund?

Malvil. Nein, meiner Treue nicht! ich bin lange genug Held in der Liebe gewesen.

Vermilia. Welches Frauenzimmer war denn mit einem so getreuen Bewunderer beglückt? Wie nannte sich Ihre Geliebte?

Malvil. Ihr Name thut nichts zur Sache. Ich war heftig in eine Menge Tugend verliebt, die ich in einer ſchönen Dame wahrzunehmen glaubte, und die in der That keine einzige beſaß.

Vermilia. Und wie wurden Sie denn von Ihrer Liebe geheilt?

Malvil. Wie Kinder von ihrer Furcht, wenn ſie den Betrug entdecken.

Lady Sanspareil (die mit Weiſerer hervortritt). Gut, ſeyn Sie pünctlich.

Vermilia. O, meine Liebe, ich habe auch einen verworfenen Liebhaber angetroffen, eben ſo roman- tiſch, wie der Ihrige.

Lady Sanspareil. So! dies ſind alſo die zwey berühmten Helden im Don Quichot.

Weiſerer. Werdet Ihr nie mit Eurem Geplau- der aufhören?

Lady Sanspareil. Verſprechen Sie, uns nicht zu folgen.

Weiſerer. Ich will mich nicht einmal nach Euch umſehen.

Lady Sanspareil. Leben Sie wohl!

Vermilia. Adieu, Beſtändigkeit; Ha, ha, ha!

Vierter Auftritt.

Weiserer, Malvil.

Weiserer. Nun, mein Herr, ich bin gekommen, wie Sie sehen.

Malvil. Das thut mir sehr leid, ha, ha, ha!

Weiserer. Mein Herr, dieser Empfang stimmt sehr schlecht mit Ihrem Briefe überein. Doch, es wäre ungereimt, wenn ich erwarten wollte, daß die Handlungen eines Rasenden Zusammenhang haben sollten.

Malvil. Was ist das?

Weiserer. Sie wußten meinen bekannten Abscheu gegen diese eingeführte Metzeley, und wählten daher mich, um sich ohne Gefahr den Ruf eines Schlägers zu verschaffen! Aber, Sie sollen wünschen, daß Sie einen andern vor sich hätten.

Malvil. Das wünsche ich in der That.

Weiserer. Hölle und Teufel! Laden Sie mich hieher, um mich auszulachen?

Malvil. Rasen oder träumen Sie?

Weiserer. Der, welcher heut läugnet, was er gestern schrieb, träumt oder ist ein Narr. Ihre abscheuliche Eifersucht, Ihre Ausforderung, und

Ihr gegenwärtiges Betragen ſehen einem fieber-
haften Traum ähnlich.

Malvil. Einladung! Eiferſucht! Ausforderung! was wollen Sie damit ſagen?

Weiſerer (giebt ihm den Brief.) Leſen Sie, und
fragen hernach, was ich ſagen will.

Malvil (lieſt.) Ha! mein Brief an den Merital! Verfluchte Kammerkatze! ſie hat die Aufſchrift verändert. Ich bin betrogen worden.

Weiſerer. Nun, Herr?

Malvil. Weiſerer, ich bin eben ſo beſtürzt,
wie Sie ſind. Dieſen Brief habe ich zwar geſchrieben, aber nicht an Sie.

Weiſerer. Wie?

Malvil. Glauben Sie mir, auf meine Ehre,
ich habe dieſes nicht an Sie geſchrieben. Sie
ſehen, daß der wahre Name von der Aufſchrift
ausgekratzt, und der Ihrige an deſſen Stelle geſetzt;
und, wie ich vermuthe, ſo hat es die nemliche
Perſon gethan, der ich den Brief zum Ueberliefern
anvertrauet habe. Seyn Sie verſichert, Sie ſind
nicht der Feind, den ich hier zu treffen wünſche.

Weiſerer. Das iſt was Neues!

Malvil. Kurzweilig für Sie, und vielleicht für
mich

mich nützlich. Doch der Morgen ist bald vorbey; kommen Sie, wir wollen miteinander frühstücken, unterweges will ich Ihnen den Zusammenhang der ganzen Geschichte eröffnen.

Weiserer. Alles ist mir angenehm zu hören, was meinen Freund gegen eine so ausschweifende Bethörung rechtfertiget.

Malvil. Und dann wollen wir recht über das Frauenzimmer satyrisiren.

Weiserer. O! ich, wie ein verworfener Dichter über die Zeiten.

Malvil. Und vielleicht aus dem nemlichen Grunde — zum wenigsten wird die Welt allzeit Satyre übers Frauenzimmer Bosheit und Rache nennen — wer es unternimmt, wird Beyfall finden.

Fünfter Auftritt.

Sir Falle's Haus.

Helena, alleine.

Welches soll ich von drey bejammernswürdigen Uebeln erwählen? Soll ich die Tyranney einer herrschsüchtigen Muhme erdulden? oder es wagen einen Mann zu nehmen, von dessen Unbeständigkeit

H

ich eine Augenzeugin gewesen bin? oder soll ich
die Zeit meines Lebens die Gesellschaft eines
Narren ertragen? Gewiß ist das letzte am wenigsten schrecklich. Unsere Aeltern sind weiser, als
wir; sie haben Ursache unsre Neigungen im Zaum
zu halten: denn ein Mädchen ist gewiß glücklicher
mit einem Narren von großem Vermögen, als
mit einem Schelm, der arm ist. —

Sechster Auftritt.

Sir Falle. Die Vorige.

Sir Falle. Sind Sie fertig? Sind Sie
bereit? He!

Helena. Herr Oheim, ich bin überzeugt, wie
unwürdig Merital meiner Liebe ist; und izt glaube
ich, daß weder Klugheit noch Ehre mir länger
erlauben, Ihnen ungehorsam zu seyn.

Sir Falle. Sie sind ein weises Mädchen!
ein sehr weises Mädchen! Sie haben gewiß den
großen Unterschied zwischen einem Baron und
einem Herrn Merital eingesehen; ha, ha, ha!
hier kömmt er.

Achter Auftritt.

Sir Lanstong. Die Vorigen.

Sir Falle. Sir Lanstong, Ihr unterthäniger Diener. Sie sind heute frühe bey der Hand. Gewiß haben Sie kein Auge zugethan! Eine ganze Woche vorhero, ehe ich mit meiner Lady verheyrathet wurde, konnte ich nicht schlafen.

Sir Lanstong. Sie waren also von sehr starker Leibesbeschaffenheit, Sir Falle.

Sir Falle. So sind alle von unsrer Familie; ein herkulisches Geschlecht. Herkules war von Seiten seiner Mutter ein Falle. Nun, meine Nichte hat völlig eingewilliget, alles ist bereit. Nehmen Sie sie also bey der Hand — und —

Sir Lanstong. Bey meiner Ehre, Sir Falle, ich kann nicht einen Schritt tanzen.

Sir Falle. Wie! Als ich so jung war, wie Sie, da hätte ich über den Mond hintanzen können — ja, und auch in den Mond hineintanzen — alles ohne Geige. Aber kommen Sie, ich spaße nicht gerne. Der Notarius ist im andern Zimmer, der Kontrakt ist aufgesetzt, und der Geistliche in seinen Pontifikalibus gekleidet.

H 2

Sir Lanstong Der Geistliche! er ist gewiß ein Walliser, und spielt auf der Geige, ha, ha, ha!

Helena (ben Seite.) Ich sehe, daß meine Muhme ihr Wort gehalten hat.

Sir Falle. Sir Lanstong, mit dem Ehestande Spaß treiben, heißt mit scharfen Eisen spielen.

Sir Lanstong. Ehestand! Ha, ha, ha! Sir Falle ist diesen Morgen aufgeräumt.

Sir Falle. Sir, Sie werden mich böse machen.

Sir Lanstong. Sir, ich habe Ursache böse zu seyn. Sie laden mich zum Frühstück ein und haben keines bereitet.

Sir Falle. Ist nicht meine Nichte bereitet, Sir?

Sir Lanstong. Sir, ich bin kein Kannibal, kein Menschenfresser.

Sir Falle. Kamen Sie nicht in der Absicht meine Nichte zu heyrathen, Sir!

Sir Lanstong. Sir, daran hab' ich in meinem Leben noch nicht gedacht.

Sir Falle. Der Kerl ist närrisch. (staunend.)

Sir Lanstong. Armer Sir Falle! ist das sein erster Anfall, Madame?

Sir Falle. Ein dunkles Zimmer und sauberes Stroh würde ihm Dienste thun.

Sir Lanstong. Ey! was verliere ich meine Zeit bey einem Rasenden! Sir, wenn Sie hören werden, daß ich mit einer der schönsten und reichsten Damen von der Stadt verheyrathet bin, so wird sie das ohne Zweifel von Ihrer Narrheit heilen; indessen bin ich Ihr gehorsamer Diener.

(Geht ab.)

Helena. Gott stehe mir bey! — Was bedeutet das alles, Oheim?

Sir Falle. Ha, es bedeutet, daß er raset, und die Nachricht wird meine Lady rasend machen, und das wird machen, daß ich rasend werde, und Sie können auch wegen einem Mann rasend werden, so viel ich absehen kann; bey der rechten Hand der Fallen! (Geht ab.)

Helena. So! Gestern hatte ich zwey Liebhaber: den einen habe ich verlassen, und der andre verläßt mich. Gut, die Männer sind Juwelen; wenigstens in so fern Juwelen, daß das reichste Frauenzimmer die mehrsten in ihrem Gefolge hat.

(Geht ab.)

H 2

Achter Auftritt.

Ein öffentlicher Platz.

Malvil, Weiserer.

Malvil. Wie! einen Rendevous von Vermilia?

Weiserer. So ist der Name, dieß der Ort, die Stunde Zehn.

Malvil. Unverschämte!

Weiserer. Ich mußte ihr mein Wort geben, es vor Ihnen geheim zu halten; da ich aber wahr-nahm, daß es eben der Name sey, der in Ihrem Brief steht, so glaubte ich mich aus Freundschaft verbunden, es Ihnen zu entdecken. Die andern mir gegebenen Zeichen sind, ein rother Mantel und eine Larve.

Malvil. Du liebster, bester Freund! um Zehn sagen Sie? — Jtzt ist es gleich um die Zeit: weil Sie doch den Rendevous nicht halten wol-len, so will ich es auf mich nehmen. Sie können mich aber noch mehr verbinden, wenn Sie hier bleiben, denn ich bin entschlossen diese Vermilia zu beschimpfen.

Weiserer. Ich muß zu einem Rechtsgelehrten gehen, der hier in der Nähe wohnt: ich bin aber so bald möglich wieder hier, und dann — zu Ihren Diensten.

Malvil. Wenn Sie vor Zehn zurück kommen, so finden Sie mich in Tom's Kaffehaus, wo nicht hier.

(Geht ab.)

Weiserer. Bis dahin Adieu! Warum mische ich mich in andrer Leute Angelegenheiten, da die eigenen meine ganze Aufmerksamkeit fordern! Wie soll ich es izt anfangen? Verlassen kann ich sie nicht, und Hoffnung sie zu gewinnen habe ich nicht; wenigstens hat sie mir keine gegeben. Ha! sie hat mir doch auch nicht gezeigt, daß ich ihr gänzlich zuwider sey, und von allen den Gecken, die sie umgeben, kann sie unmöglich einen lieben.

Neunter Auftritt.
Merital, Weiserer.

Merital. So gedankenvoll, Weiserer! Welchen Punkt der Philosophie untersuchen Sie?

Weiserer. Einen Punkt, der bis hieher alle Philosophen verwirrt hat. — Das Frauenzimmer, mein Herr, war der Gegenstand meiner Forschung.

Merital. Ha! He! Welchen Strich vom Kompas hält die Wittwe izt?

H 4

Weiserer. Einen sehr kalten Strich. Lapperey.

Merital. Lassen Sie sich rathen; geben Sie entweder Ihren Anfall auf, oder verändern Sie Ihre Methode. Eine Wittwe ist ein Studium, in dem Sie es nie weit bringen werden, bis Sie nicht zu den Geheimnissen jener Wissenschaft eingeführt worden, welche die Franzosen la bonne assurance nennen.

Weiserer. Ja, ja, Ihr galante Herren, die Ihr immer aufgeräumt seyd, habt freylich einen ziemlichen Vorrath von bekannten Scherzreden, das kann man Euch zugestehen, denn es waren schon die Reichthümer Eurer Vorväter; die Stutzer von jedem Zeitalter erben immer einer von dem andern ein gewisses Kapital von kleinen witzigen Einfällen.

Merital. Gut; Sie werden doch auch den Stutzern dieses Jahrhunderts die Gerechtigkeit widerfahren lassen, und eingestehen, daß sie keine Neuerung im Reiche des Witzes vornehmen.

Weiserer. Sind Sie denn schon so weit bekehrt, daß Sie die Gecken verachten?

Merital. Ungefehr, wie Sie das Frauenzimmer verachten.

Weiserer. Sie verstehen mich unrecht. Ich

verachte nur ihre Thorheiten. Allein, es giebt Frauenzimmer, deren Schönheit ihrer Seele, wie Kleider ihrer Schönheit, vielmehr eine Bedeckung, als eine Zierde ist.

Merital. Das sind hohe Schwünge! Aber sagen Sie mir, worauf gründen Sie denn Ihre Hoffnungen bey der Wittwe?

Weiserer. Auf die Meynung, welche ich von ihrer gesunden Vernunft und ihrem guten Herzen habe — Die erste wird nie zulassen, daß sie einen Gecken begünstige, und das letzte wird für mich reden.

Merital. Und was hat denn Ihre Meynung von ihrer gesunden Vernunft für einen Grund? Wenn, wie Sie eben zu denken schienen, die Stutzer diese Meynung unterstützen, so ist sie auf einen verfaulten Grund gebauet.

Weiserer. Nein; als ich sagte, daß sie zu Geckereyen geneigt wäre, da verstand ich es nur in so ferne, als es zu ihrer Belustigung dient.

Merital. Hm! ich denke, das Frauenzimmer hält den Ehestand selten für eine Buße.

Weiserer. Sie schließen gar zu strenge aus ihrem Betragen gegen die Gecken. Die Kerl sind

Spiegel, in welchen man schwerlich die Seele eines vernünftigen Frauenzimmers wahrnehmen kann : denn sie zeigt sich ihnen selten ohne Larve. Ist sie keine vernünftige Frau, so habe ich in der That ein Schloß in die Luft gebauet, das jeder aufsteigende Weihrauch umstürzen kann.

Merital. So weit ich die Dame kenne, scheint es mir nicht viel besser zu seyn. Sie aber sind einer von den vernünftigen Liebhabern, die einen ganzen Tag von einem gütigen Blick, und eine Woche von einem Lächeln leben können; ja ein gutes, sanftes Wort würde Ihnen auf einer Reise nach Ostindien hinlänglich seyn.

Weiserer. Wie ich sehe, so vergißt man seine Geschäfte bey der Unterredung eines Freundes.

Merital. Vielleicht etwas aus der Insel der Liebe?

Weiserer. Nein, aus der Insel der Rechtsgelehrtheit.

(Geht ab.)

Merital. Seyn Sie glücklich — ich habe mein Geschäfte auch vergessen, aber Madame Fortune ist so gütig und erinnert mich daran.

Zehnter Auftritt.

Sir Lanstong, Merital.

Merital. Ihr unterthäniger Diener, Sir Lanstong.

Sir Lanstong. Liebster Tomas, ich küsse Ihren Knopf.

Merital. Da haben Sie ein schönes Kleid, Sir Lanstong, ganz bunt, neu, und à la mode.

Sir Lanstong. He, he, he! Die Damen sagen mir, daß ich sie an Putz und Erfindung übertreffe. Ich habe auch den Putz und die Kleidung überhaupt lange genug studiert, um beydes recht zu verstehen. Dabey bin ich so glücklich, daß jedes neue Kleid besser gefällt, als das vorige.

Merital. Ganz richtig; ich habe bemerkt, daß so, wie die dummen vorgeblichen Weisen mit den Jahren klüger werden, eben so werden die bunten Herren noch galanter und geputzter, je älter sie werden. Allein Ihre Blicke verrathen, daß hinter dem schönen Kleide noch mehreres steckt. Auch die Stadt sagt es.

Sir Lanstong. Was denn, mein lieber Tomas?

Merital. Daß Sie ein sehr reiches Frauenzimmer aus Yorkschire heyrathen werden.

Sir Lanstong. He, he, he! Ich will Sie in dieser Sache zu meinem Vertrauten machen. Es ist wahr, ich hatte so etwas auf'm Tapet; das Mädchen hat zehntausend Pfund, die ein Paar Löcher in meinem Vermögen zugestopft haben würden; allein eine schönere Dame hat mich gewürdiget, hundert tausend Pfund in meinen Schooß zu werfen, und deswegen habe ich der andern den Korb gegeben.

Merital. Sind Sie denn schon wirklich im Besitz?

Sir Lanstong. Ihres Herzens, und in ein oder zwey Tagen vielleicht im Besitz von allem übrigen. Ach! es ist eine schöne Kreatur, Tomas! die größte Schönheit mit dem größten Witz vereint! — Nun! können Sie noch nicht errathen, welche ich meyne?

Merital. Nein; (bey Seite.) denn ich kenne kein so reiches Trödelweib.

Sir Lanstong. Mein, wer könnte es anders seyn, als die Lady Sanspareil?

Merital. Wahrhaftig, ich lobe Ihren Tausch.—

Sir Lanstong, Sie können mir einen außerordent-
lichen Gefallen erweisen — und ich weis, Sie
sind immer geneigt Ihrem Freund zu dienen.

Sir Lanstong. Eben so gut, als irgend einer,
wirklich — (bey Seite.) Was zum Henker, will er
Geld von mir borgen ? — — Ja, ja, wie ich
eben sagte, lieber Tomas, ich möchte gerne alles
thun, um einem Freund in der Noth zu dienen;
aber meine bösen Pächter, zwey oder drey über-
zählige bordirte Kleider, und Unglück im Würfel-
spiel, haben mich wahrhaftig so zurückgesetzt, daß
meine Börse —

Merital. Sie verstehen mich unrecht. Sollten
Sie nicht heute Morgen mit der Helena verheyrathet werden ?

Sir Lanstong. Ha, ha, ha ! das muß ich
Ihnen erzählen: ich bin so eben bey ihrem Oheim,
dem Sir Falle gewesen, und gerade da er die
Vollziehung der zwischen uns verabredeten Artikel
erwartete, überredete ich ihn, daß er närrisch
wäre, lachte ihn aus, und behauptete mit eiserner
unverschämter Stirn, daß ich von der ganzen
Sache nichts wüßte.

Merital. Nuh; gehen Sie gleich noch einmal

zu ihm hin, machen Sie aus Ihrem vorigen Besuch einen Scherz; der alte Ritter wird es nicht merken. Zeigen Sie, daß Sie Willens sind die Heyrath zu schließen — ich will mit Ihnen gehen und Ihren Kaplan vorstellen; vielleicht heyrathe ich sie an Ihrer Statt.

Sir Lanstong. Sind Sie mit ihr bekannt?

Merital. Ja, freylich.

Sir Lanstong. Mein lieber Tomas, ich überlasse Ihnen die Helena von Herzen gerne, und ich freue mich recht sehr, daß ich Ihnen eine Gefälligkeit erzeigen kann. Ich will alles thun, was in meinem Vermögen ist; und um Ihnen zu zeigen, daß ich recht gerne einem Freund diene, so will ich nur in die nächste Straße gehen, und den Augenblick wieder hier zu Ihrem Befehl seyn.

(Geht ab.)

Merital. Mein gestriges Abentheuer mit der alten Lady Falle macht mich ganz verwirrt; hinter der Sache muß ein Geheimniß stecken, das ich vielleicht durch Hülfe meiner Verkleidung enträtzeln kann. Einem Eigensinnigen würde bey dieser Gelegenheit lauter Eifersucht in den Kopf steigen; allein ich denke in allen zweydeutigen Fällen von meiner Geliebten, daß, wenn sie getreu ist, so wird die Zeit ihre Treue entdecken; ist sie falsch, nun so will ich eben so falsch seyn.

Eilfter Auftritt.

Lady Sanspareil's Haus.

Lady Sanspareil, Vermilia.

Lady Sanspareil. Ha, ha, ha ! Liebe und Verläumdung machen den Thee erst recht süß und schmackhaft.

Vermilia. Recht bitter, wollen Sie sagen; allein, nach meiner Meynung ist doch die Verläumdung am süßesten von beyden, und auch am wenigsten gefährlich.

Lady Sanspareil. Die Liebe ist dem Frauenzimmer nicht so gefährlich, wie Sie sich einbilden. Sie ist eine Wohlfahrt, wo wir immer die Oberhand behalten, wenn wir klug zu Werk gehen ; die Männer sind in Liebessachen leere Prahler, und wie ein gewisser Dichter sagt,

Schnell zum Angriff, schneller noch
zur Flucht.

Vermilia. Nun, was iſt denn Ihre Abſicht bey dieſem gegebenen Rendevous?

Lady Sanspareil. Blos um einen Vorwand zu haben, einem beſchwerlichen Liebhaber den Abſchied zu geben. Vermilia, Sie ſollen ihn ſtatt meiner anfallen; denn ich befürchte, daß er mich entdecken möchte. Können Sie ihn nur ſo weit bringen, daß er verſpricht ſich mit Ihnen in Unterhandlung einzulaſſen, ſo habe ich den beſten Vorwand mein Verſprechen zurück zu ziehen, und bin von ihm befreyt, ohne daß er mir weiter Vorwürfe machen kann.

Vermilia. Ich dachte immer, Sie ſcherzten. Iſt es aber Ernſt, ſo rathe ich Ihnen, eine andre Stellvertreterinn zu wählen: denn ich haſſe alle Mannsperſonen, und will auf ewig ihre Geſellſchaft verſchwören.

Lady Sanspareil. Allein ich verlange, daß Sie Ihre Neigungen zwingen, um Ihrer Freundinn zu dienen.

Vermilia. Was hat Sie denn ſo plötzlich verändert? denn wo mir recht iſt, ſprachen Sie geſtern noch günſtig von ihm.

Lady Sanspareil. Ich finde ihn ſo ganz aus
der

der Mode, daß ich mich seiner herzlich schäme. Außerdem hat mir diesen Morgen der Prinz aller schönen Kerls, der Lord Formal Vorschläge gethan.

Vermilia. O Beständigkeit! du bist eine Tugend.

Lady Sanspareil. Das ist sie wirklich: denn die Tugenden werden, wie die Heiligen, nicht ehe als nach ihrem Tode kanonisirt; und die arme Beständigkeit ist schon lange gestorben.

Vermilia. Mir ist bange, sie war eine unzeitige Frucht, und starb vor der Geburt. Hatte sie aber je ihr Daseyn, so war sie gewiß weiblichen Geschlechts: denn die Männer haben aus großer Bescheidenheit zugestanden, daß alle Tugenden von unserm Geschlechte den Ursprung haben.

Lady Sanspareil. O! wir haben ihnen unendliche Verbindlichkeit; sie haben auch ausgefunden, daß uns die Haushaltung gehört. Kurz, sie überlassen ihre Familien und ihre Ehre unser Sorge, weil sie zu gemächlich sind, sie selbst zu bewahren.

Vermilia. Doch, ich denke immer noch, Sie scherzen, wenn Sie das vom Lord Formal sagen.

J

Lady Sanspareil. Pfui, meine Liebe! ist denn ein Titel eine so lächerliche Sache? — Kommen Sie, Sie sollen meinen Rendevous mit dem Weiserer halten.

Vermilia. Wüßte ich, daß es dem Malvil einen unruhigen Augenblick verursachen könnte, ich wollte es mit Vergnügen thun; denn ich möchte alles unternehmen, um mich zu rächen.

Lady Sanspareil. Wenn wir den Entschluß fassen, uns gegen unsre Liebhaber zu rächen, so sezt sich der kleine Schelm, Liebesgott, auf seinen Thron, und lacht, daß er bersten möchte.

Fünfte Handlung.

Erster Auftritt.

Sir Falle's Haus.

Sir Falle, Helena.

Sir Falle.

Ich sage, es war Ihr eigenes Komplott, Ihre eigene Erfindung, Ihre List. Sie droheten ihm. — Und er war dumm genug, Ihnen zu glauben.

Helena. Er war klug genug, mir zu glauben: denn ich drohete ihm nichts Unmögliches. Aber, lieber Oheim! machen Sie nicht so ein ernsthaftes, strenges Gesicht: Sie sehen gerade aus, wie einer von den Cäsars-Köpfen in unsrer langen Gallerie.

Sir Falle. Das ist wahrscheinlich: wir können einander ähnlich sehen, in der That; denn Cäsar war von Seiten seines Urältervaters Frauen Urältermutter ein Falle.

J 2

Helena. Ha, ha, ha! — Mir ist bange, daß wir ihn kaum Vetter nennen können. Aber hat er uns denn auch Vermächtniße hinterlassen?

Sir Falle. Große Vermächtniße! überschwenglich viel Ehre!

Helena. Und wie viel ist alle die Ehre an Gelde werth?

Sir Falle. Die rechte Ehre steht weder zu kaufen, noch sonst zu erlangen. Der Mensch bringt sie mit sich auf die Welt. Der, welcher seine Ehre selbst erlangt, ist eben so gut ein Aufschößling, als der, welcher sein Vermögen selbst erwirbt. Halten Sie das für einen festen Grundsatz, mein Kind! Niemand kann ein großer Mann seyn, dessen Vater nicht vor ihm ein großer Mann gewesen ist. Die wahre, alte engländische Ehre kommt, wie die engländische Eiche, vor hundert Jahren nicht zu ihrer Reife. Das eine Geschlecht muß sie zum Besten des folgenden pflanzen.

Helena. Allein, wenn ich einen Mann wählen müßte, so würde ich mich mehr nach seinen eigenen Verdiensten, als nach den Verdiensten seiner Vorfahren erkundigen.

Sir Falle. Ja, ja, das glaube ich gar

gerne. Sie würden einen, der aller Wahrschein-
lichkeit nach eine lange Nachkommenschaft hinter sich lassen würde, einem andern vorziehen,
der unendlich viele glorreiche Vorfahren zählte.
Sie würden sich eh' in ein schönes Kleid, als in
ein schönes Wappen verlieben. Aber, wissen Sie,
die meisten von diesen schönen Kerln sind Schne-
cken, sie tragen ihre ganze Habseligkeit auf dem
Rücken; und doch hält es eben so schwer, unsre
Weiber und Töchter vor den ersten zu bewahren,
als unsre Früchte vor den andern.

Helena. Sind das Ihre Gedanken? ich habe
gehört, daß es keinen gefährlicheren Ort giebt,
als ein Porzelan-Laden. Nehmen Sie sich in Acht,
daß meine Muhme nicht eine, in einer porzelane-
nen Urne mit nach Hause bringe. Sie würden
sehen, wie sie ihre Hörner oben über Ihr Kabinet
hervorschießen würde.

Sir Falle. (bey Seite.) Ha! das Herum-
schweifen des Morgens gefällt mir gar nicht.

Helena. Herr Oheim, ich kann Ihnen auch
Entdeckungen machen. Meine Muhme hat mich
heute fälschlich bey Ihnen angeklagt, als wäre
ich Schuld an dem Betragen des Sir Lanstong; aus

J 3

Rache will ich Ihnen izt etwas erzählen, das ich Ihnen nie aus Freundschaft gesagt haben würde. Kurz, meine Muhme hat — —

Sir Falle. Wie! was?

Helena. Etwas gepflanzt, das in weniger als hundert Jahren zur Reise kommen wird, ha, ha, ha! Sie hat eine moderne Stirn auf Ihren alten Tabernacle gesezt, ha, ha, ha! — Ha! so eben hält ihre Kutsche stille. — Treten Sie nur in dieses Kabinet, Sie sollen es aus ihrem eigenen Munde hören. — Ich will sie zum Geständniß bringen.

Sir Falle. (bey Seite.) Hm! mich dünkt, ich fange an zu argwöhnen.

Helena. Geschwind, geschwind; machen Sie den Versuch nicht, so sage ich der Welt, daß Sie nicht dürfen.

Sir Falle. Hören Sie, wenn Sie meiner Lady Unrecht thun, bey der rechten Hand der Fallen —

Helena. Jede Strafe, die Sie wollen. Fliegen Sie, hier kömmt sie.

Zweyter Auftritt.

Lady Falle, Helena.

Lady Falle. Ich bin zum Sterben müde. — Oh! Ihre Dienerinn, Miß; aber vielleicht muß ich Frau sagen; Ihr Mann kann, seit ich Sie gesehen, Ihren Titel verändert haben.

Helena. Und Euer Gnaden können Ihres Gemahls Titel verändert haben — Doch, die Veränderung ist schon lange geschehen.

Lady Falle. Was wollen Sie damit sagen, Miß?

Helena. Ha, ha, ha! O! liebe Muhme, die Welt weiß, wozu die Porzellan-Läden gut sind, obgleich Sir Falle es nicht weiß.

Lady Falle. Mich dünkt, Miß, Sie scheinen mehr zu wissen, als sich für Ihre Jahre schickt.

Helena. Und Sie scheinen mehr auszuüben, als den Ihrigen anständig ist. Die Theorie steht meinem Alter besser, als die Praktik dem Ihrigen.

Lady Falle. Ihr Alter! Ey zum Henker! Sie prahlen immer mit der Jugend und Schönheit, die Sie haben.

Helena. Das ist noch eh' zu verzeihen, als

wenn man mit Jugend und Schönheit prahlt, die man nicht hat.

Lady Falle. Ich weis nicht, wen Sie damit meynen — ich danke meinem Gestirn, daß ich kein Mädchen bin; und was Schönheit anbetrift, wenn mein Spiegel ein guter Beurtheiler ist —

Helena. Ein sehr falscher: denn ein Spiegel ist ein so artiges Ding, er sagt jedem Frauenzimmer, daß sie eine Schönheit ist. O! der größte Schmeichler in der Welt für unser Gesicht; nur in dem Stücke kein Schmeichler, daß er uns nicht hinter unserm Rücken verkleinert.

Lady Falle. Leichtfertiges Geschöpfe! heut zu zu Tage hat ein Mädchen kaum ihr Gängelband abgelegt, so will sie schon als eine Schönheit gepriesen seyn. Und so, wie die Mädchen vor der Zeit Weiber werden, so bleiben im Gegentheil die Mannspersonen ihre ganze Lebenszeit Kinder; denn sie wollen immer grüne Früchte essen.

Helena. Grüne Frucht ist doch wohl der verwelkten vorzuziehen, liebe Muhme? Kommen Sie, Madame, machen Sie mich zu Ihrer Freundinn, zu Ihrer Vertrauten, es wird gewiß besser für Sie seyn; denn wenn Sie mir den Krieg erklären, so werde ich mehrere Soldaten unter meiner Fahne haben, als Sie; vertrauen Sie mir Ihre Geheimnisse, ich setze Ihnen die Ehre eines Mädchens zum Pfande, Sie nie zu verrathen.

Dritter Auftritt.

Sir Lanstong, Merital, als ein Geistlicher verkleidet. Die Vorigen.

Sir Lanstong. Lady Falle, ich bin Ihr Gehorsamster; süße, geliebte Helena, ich bin immerwährend der Ihrige.

Lady Falle. Sir Lanstong, Ihr Betragen diesen Morgen hat uns nicht wenig verwirrt: allein, es ist mir lieb, daß Sie sich besonnen haben.

Sir Lanstong. He, he, he! Auf meine Ehre, es war alles nur Scherz; mein zukünftiges Betragen gegen diese Dame, wird Sie davon überführen.

Helena. Herr, es hat mich schon überführt, daß Sie der größte Spaß in der Natur sind.

Lady Falle. Sir Lanstong, Sie kennen die Welt, und werden die Sprödigkeit eines jungen Frauenzimmers nicht achten. Bey meiner Ehre, es ist alles Zwang, Verstellung: sie wiederholt ohne Aufhören Ihren Namen, sogar im Schlaf. Erröthen Sie nicht, Kind. — Entschuldigen Sie die Fehler der Jugend, Sir Lanstong, sie wird schon verständiger werden.

Helena (zu der Lady.) Ich weis nicht, ob Sie mehr meinen Zorn, als mein Mitleid erregen. (Zum Sir Lanstong.) Aber dem Dinge da, muß ich sagen, daß ich ihn verachte und verabscheue.

Sir Lanstong. O, Lady Falle! ärgern Sie sich nicht über die Ausdrücke meiner Braut; ich gebe Ihnen mein Wort, daß wir uns einander mit eben so viel guter Lebensart hassen werden, als irgend ein Paar Eheleute unter der Sonne.

Merital. Erlauben Sie, Madame! daß ich Sie führe.

Sir Lanstong (bey Seite zu der Lady Falle.) Lassen Sie doch die Lady einige Minuten allein mit dem Geistlichen, er wird sie gewiß zu allem bewegen — Es ist ein berühmter Heyrathsmäkler.

Lady Falle. Nichte! merken Sie auf das, was Ihnen dieser ehrwürdige Herr sagen wird; er wird Sie von Ihren Irrthümern überführen. (Bey Seite zu Sir Lanstong.) Kommen Sie, Sir Lan-

stong, wir wollen in das Speisezimmer gehen:
Sir Falle wird auch gleich kommen.

Helena (bey Seite.) Sir Falle ist sicher aufgehoben, bis ich ihm eine Gelegenheit davon zu schlei-
chen gebe; das ist doch wieder ein Aufschub.

(Die beyden lezten Reden werden zugleich gehalten.)

Vierter Auftritt.

Helena, Merital.

Helena. Was! sind sie weggegangen? — Ha!

Merital (der sich entdeckt.) Erschrecken Sie nicht,
Madame! ich versichre Sie, daß ich von der Hei-
ligkeit nichts als die Larve habe.

Helena. Das glaube ich; von allen andern Tugenden auch nur die Larve.

Merital. Das war recht schön gezürnet — ich
kenne Frauenzimmer, die sich zwanzig Jahr umsonst geübt haben, so schön zu lächeln. — Doch,
wir haben keine Zeit zu verlieren.

Helena. Nein; Ihnen Vorwürfe zu machen,
hieße die Zeit verlieren: denn die Vorstellungen
eines beleidigten Frauenzimmers haben kein Ge-
wicht bey so verhärteten Sündern.

Merital. Hm! der Anblick eines Priesterrocks hat Sie doch nicht begeistert? Sie werden doch nicht predigen wollen? wenn Sie aber wollen, so wissen Sie doch, daß die Vermählung immer vor ·der Predigt hergeht — in diesem Stücke stimmen der Galgen und der Ehestand nicht überein. (Die letzten Worte bey Seite.)

Helena. Herr Merital, Ihr Scherz war mir angenehm, so lange ich Sie unschuldig glaubte. Allein, so wie der Putz in der Kleidung der Schönheit einen neuen Glanz giebt, eben so zeigt er auch die Häßlichkeit in dem schlimmsten Lichte. Laune und Munterkeit sind in dem Unschuldigen sehr liebenswürdig, aber scheußlich in dem Lasterhaften.

Merital. Ist es Ihnen wirklich Ernst, mein Kind?

Helena. Die Frage bestürzt mich. Es ist Ihnen doch nicht unbewußt, daß ich eine Augenzeuginn Ihres gestrigen Abentheuers gewesen bin.

Merital. Ich hätte wahrhaftig mehr Ursache bestürzt zu seyn, weil Sie mir einen Rendevous geben, und hernach Ihre Muhme, als Ihre Stellvertreterinn schicken.

Helena. Ich hätte Ihnen einen Rendevous gegeben? ich habe Sie nie wieder sehen wollen.

Merital. Mächtige Kaiserinn, wende Dein Auge hieher, und höre zugleich Deinen Priester und Deinen Liebhaber bitten. Umsonst bemüh'st Du Dich, die Welt durch Zürnen zu gewinnen: denn wenn Du nach allem Vermögen Deine Stirne runzelst, so ist Deine Grosmutter doch noch runzellchter, als Du. Ha, ha, ha! Sehen Sie nicht so strenge aus, liebe Helena! gute Laune ziert ein weibliches Gesicht weit besser, als alle Juwelen.

Helena. O! hätten meine Blicke das Vergnügen Sie zu vernichten!

Merital. Nein, nein, Madame! ich trage eine Art von Harnisch, den man gesunden Menschenverstand nennt, der hält die Probe gegen alles Zürnen. Ihr Lächeln kann ihn schmelzen, aber Ihr Sauersehen wird ihn nie durchdringen. Was? Sie schreiben mir mit eigener Hand, daß ich um eine bestimmte Stunde mich hier einfinden soll, und dann schicken Sie Ihre Muhme an Ihrer Statt? Aus guter Absicht schien ich es als eine Versuchung anzusehen. (halb bey Seite.) Die Alte

schickte sich besser meine Stärke, als meine Beständigkeit zu versuchen.

Helena. Ich hätte Ihnen gestern geschrieben?

Merital. Nun, ich kann eben nicht mit völli-
ger Gewißheit sagen, daß Sie den Brief geschrieben haben: denn es geht mir beynahe, wie dem
Don Quichott, ich glaube, daß ein gottloser Zau-
berer meine Dulcinea transmographirt hat. Be-
urtheilen Sie selbst, ob Sie sich nicht ein wenig
verändert, seitdem Sie diesen Brief geschrieben
haben.   (Giebt ihr einen Brief.)

Helena. Ha! der Brief, den ich in Gegenwart
meiner Muhme abschreiben mußte! Ich habe ihm
Unrecht gethan, wahrhaftig — Unerhörte Gott-
losigkeit! — Herr Merital, vielleicht war mein
Verdacht gar zu übel gegründet; aber Ihre Vorwürfe, Herr —

Merital. Wenn ein Geheimniß dahinter steckt,
und ich ungerechte Vorwürfe gemacht habe, so
kann, so soll mir Ihre Gerechtigkeit nicht verzeihen, bis ich durch zehnjährige Dienste es wieder
abgebüßt habe. Doch, glauben Sie, an allem,
was ich gesagt habe, war die Aufrichtigkeit meiner
Liebe Schuld; meine Leidenschaften sympathisiren

mit den Ihrigen: liegen wir alle unter einer starken Verblendung, so laſſen Sie uns auch alle
Theil an der Freude nehmen, ſie zu entdecken.

Helena. Die Entdeckung iſt zu lange, um ſie
izt zu machen; allein in dieſem Brief iſt noch ein
Räthſel, das Sie in Verwunderung ſetzen wird.

Merital. O! ſo geben Sie denn Ihren liebens-
würdigen Augen ihre gewöhnliche Sanftmuth wieder; laſſen Sie ſelbe, wie das reine Gold, glänzen-
der wieder aus den Flammen kommen.

Helena. Sie wiſſen ja Ihre eigene Bedingung,
eine zehnjährige Belagerung, und dann —

Merital. Ach! wird die Beſatzung in ſo lan-
ger Zeit nicht verhungern? und ſoll ich ſie dicht
eingeſchloſſen halten? — O! übergeben Sie ſich
lieber izt unter anſtändigen Bedingungen.

Helena. Gut; Sie werden aber der Beſatzung
erlauben, daß ſie vorher einen Ausfall mache —
Eir Falle! Oheim! Ha, ha, ha! kommen
Sie, helfen Sie mir lachen. — Der nämliche
ehrenwerthe Herr, der geſtern Abend hinter ihre
Frau her war, wagt ſich izt an Ihre Nichte.

Fünfter Auftritt.

Sir Salle kömmt aus dem Kabinet.
Die Vorigen.

Sir Salle. Ein braves Mädchen, ein sehr braves Mädchen! Was, was, was zum Teufel suchen Sie hier?

Helena. Gott behüte! wie er starret! mich wundert, daß man ihn nicht einschließt, er wird gewiß jemanden das Leben nehmen.

Sir Salle. Nein, seine Absicht ist vieleicht, jemanden das Leben zu geben; solche Kerl vermehren die Familien, statt sie zu vermindern.

Helena. Oder vieleicht ist der arme Herr ein wandernder Prediger; kommen Sie hieher, um uns vorzupredigen?

Merital. Halten Sie mich für den Kaplan vom Tollhause, Madame? Müßte ich mit Ihnen reden, Feuer und Holzstoß wollte ich Ihnen predigen.

Helena. So! Oheim, er ist wohl gar ein spanischer Inquisitor.

Sir Salle. Ein Inquisitor des Reichthums, vermuthlich; ist das nicht Ihr frommer Beruf?

Sie

Sie sind einer von der königlichen Gesellschaft der Glücksjäger. He!

Helena. Seine Masqueradenkleider will ich in Sicherheit bringen, und sie zu den Siegszeichen unsrer Familie legen.

Sechster Auftritt.
Sir Falle, Merital.

Sir Falle. Nun, was machen Sie für Ansprüche auf meine Nichte? Wo liegen Ihre Güter? Was ist Ihr Titel? Was Ihr Wapen? Besteht Ihr Vermögen in Terra Firma, oder in Kapitalien?

Merital. In einem Kapital von Vermessenheit: Mein baares Geld ist alles Erz; ich trage es in meinem Vorkopf, aus Furcht für Dieben.

Sir Falle. Sind denn sonst keine Vormünder zu betrügen, keine Hahnreye zu machen, als der Sir Falle? Sie müssen wissen, Herr! daß unter uns kein Hahnrey gewesen ist, seitdem die Familie der Fallen war.

Merital. Damit wollen Sie zu verstehen geben, daß Sie der erste von Ihrer Familie sind.

K

Sir Falle. Sie sind eben so unwissend, als unverschämt. Die ganze Welt weis, daß weder ich, noch mein Vater unsre Güter einen Fuß breit oder lang vermehrt haben; und mein Grosvater rauchte seine Pfeife in dem nämlichen Lehnstuhl, in dem ich itzt zu sitzen pflege.

Merital. Das ist sehr wahrscheinlich — Und was folgern Sie denn daraus.

Sir Falle. Was ich daraus folgere? — Was? — daß dorten die Thüre ist, und daß Sie hinausge= hen sollen. Aufschößling, sagt er! Sir Falle ein Aufschößling! Lieber möchte man mich einen Schelm heissen. Ich möchte lieber der erste Schelm von einer guten Familie, als der erste ehrliche Mann einer schlechten seyn.

Merital. Wirklich?

Sir Falle. Ja, wirklich; denn macht man nicht Vorwürfe dem Sohn, dessen Vater gehenkt ist? da doch mancher, der den Galgen verdienet, nie Vorwürfe hört.

Merital (tro Seite.) Die Pestilenz! wie ich an= geführt bin! — — — Sir Falle, es ist wahr, ich kam hieher in der Absicht Ihre Nichte zu ent= führen; aber itzt mag sie meinetwegen, als Jung=

 er sterben. Ich betrog den Sir Lanstong, so wie ich auch Sie betrogen haben würde, wenn es mir gelungen wäre. Sir Falle, Sie können itzt ruhig in Ihrem Lehnstuhl fortrauchen. (Geht ab.)

Sir Falle. So, so, wußte Sir Lanstong auch mit von dem Komplott? Es ist mir lieb, daß ich meinen Irrthum entdecke.

Siebenter Auftritt.
Lady Falle. Der Vorige.

Sir Falle. O, meine theure Lady, bist Du da? Ich habe solch eine Entdeckung gemacht! solch eine seltene Entdeckung! — Du wirst mich so lieb haben —

Lady Falle. Nicht so sehr, als Du Deine Entdeckung, mein Lieber — wo ist Helena?

Sir Falle. He, he, he! Schelmchen! Zauberinn! Meine Lady ist eine Zauberinn! Eben wegen Helena habe ich Entdeckungen gemacht. Aber, wo ist der Baron?

Lady Falle. Er wartet drunten mit seinem Kapellan.

Sir Falle. Sein Kapellan! Ha, ha, ha! das ist ein Spitzbube in des Kapellans Kleidung, deß junge wilde Stutzer, der so lange meine Nichte verfolgt hat.

Lady Falle. Wie!

Sir Falle. Er ist davon geloffen, und hat seine Masqueradenkleider im Stich gelassen: das Mädchen hat sie, als ein Zeichen ihres Sieges aufgehoben.

Lady Falle. Angeführt! betrogen! verlohren!

Sir Falle. Wie? Ha!

Lady Falle. Sie ist entflohen, sie ist verlohren! — He! Leute, Bediente! sie ist fort, sage ich, und wir sind betrogen.

Sir Falle. Wie, bey der rechten Hand der Fallen!

Lady Falle. Bey dem unrechten Kopf der Fallen! Ich dachte gleich, wo Deine Entdeckung hinaus laufen würde — Wo ist Sir Lanstong? (zu einem Bedienten, der herei.tritt.)

Bedienter. Madame, er ist mit seinem Kapellan, und noch mit einem Herrn weggegangen.

Lady Falle. Lauft ihnen nach, verfolgt sie.

Sir Falle. Bringt mir mein Schlachtschwert, mein Bandelier und Sir Gregorius seine große Kugelbüchse herunter. Fliegt, fliegt!

Achter Auftritt.

Ein offener Platz.

Malvil, dem die Hasches verlarvt begegnet.

Malvil. So, sie hält genau die bestimmte Zeit — Glücklich getroffen, Madame: was! bin ich nicht das Wildpret, das Sie suchen? O du treuloses, falsches, gleißnerisches Mädchen! Laufen Sie nicht davon, Sie sind verrathen; bey allen Mächten der Liebe, die Sie beleidiget haben, ich will Sie öffentlich beschimpfen. Entlarve, entlarve dich den Augenblick, oder —

Hasches (die die Larve abnimmt.) Sie sind in der That sehr grob, Herr Malvil, ich möchte um der Welt willen hier nicht gesehen werden.

Malvil. Ha! izt danke ich meinem Gestirne. Du niederträchtige Kupplerin, schmiede den Augenblick eine Lüge zu Deiner Entschuldigung, oder es ist Dein letzter.

Hasches. O, weh! Sie werden machen, daß ich die Gichter kriege.

Malvil. Bekenne, wie kamst Du hieher? wie ist es zugegangen, daß Weiserer meinen Brief

Neunter Auftritt.
Malvil, Weiserer.

Malvil. Weiserer, Sie kommen zur rechten Zeit. Dieser Rendevous betrift Sie näher, als ich glaubte: dieser Brief wird es erklären.

(Weiserer liest.)

„ Sir,

„ Sie werden sich über eine so plötzliche Er-
„ oberung wundern: allein, ich hoffe, daß es
„ Ihnen eine angenehme Verwunderung seyn
„ wird, wenn Sie hören, daß ich ein ansehnli-
„ ches Vermögen besitze. Wenn sieben tausend
„ Pfund jährliche Einkünfte mich dem Herrn
„ Weiserer so angenehm machen können, als seine
„ Tugenden mir ihn liebenswürdig machen, so
„ werde ich eine günstige Antwort erhalten. Die
„ Ueberbringerinn wird deswegen in einer Stunde
„ wiederkommen. Bis dahin bin ich die Ihrige
„ Incognito. „

„ Nachschrift. Ich melde Ihnen mit Ver-
„ gnügen, daß meine Nebenbuhlerinn heute an
„ einen andern verheyrathet wird. „

Weiserer. Auf was für Art erhielten Sie diesen Brief?

Malvil. Von der nämlichen Person, die Ihnen den meinigen überliefert hat.

Weiferer. O, Malvil! das betrift mich in der That! und wie ich befürchte, auf eine unglückliche Art.

Malvil. Es thut mir leid, daß ich ein Unglücksbothe seyn muß. — Doch, ich höre so eben, daß Ihre Geliebte sich mit dem größten Gecken von London eingelassen hat.

Weiferer. Es ist mir nur ein einziges Mittel übrig, und ich muß Sie um Ihren Beystand bitten. Ich habe eine List erdacht, die Lady Sanspareil von den eigennützigen, schändlichen Absichten ihrer vermeynten Bewunderer zu überzeugen.

Malvil. Allein, sezt Sie denn dieser Brief in Furcht? denn ich habe große Ursache zu glauben, daß er von der Lady Sanspareil selbst ist.

Weiferer. Unmöglich!

Malvil. Ich weis es gewiß.

Weiferer. Beym Himmel! Sie zünden wieder einen Funken Hoffnung in mir an.

Malvil. Liebende müssen kleine, schwache Hoffnungen nähren, bis sie aufwachsen und zu gewissen Freuden reifen.

Weiserer. Das will ich thun; denn ich habe immer die Liebe als eine See angesehen, deren Breite noch niemand entdeckt hat; wir können, wie Schiffer die ohne Kompaß herumfahren, unserm Hafen nahe seyn, wenn wir uns für verloren halten.

Zehnter Auftritt.

Das Haus der Lady Sanspareil.

Lady Sanspareil, Lord Formal, Sir Lanstong, Vermilia, Rossel.

Lady Sanspareil. Ich hoffe, daß die Aufrichtigkeit Ihrer Liebe, und der hohe Karakter in dem Sie bey der Welt stehen, meine so leichte Einwilligung entschuldigen werden, Mylord.

Lord Formal. Ich möchte nicht gerne so wenig gute Lebensart zeigen, als zu erröthen; aber Euer Gnaden Kompliment hat wirklich eine außerordentliche Wallung in meinen Wangen erregt.

Vermilia. Ach! meine liebe Lady! wie wird sich die Stadt darüber verwundern!

Rossel (bey Seite.) Mir ist es eben keine angenehme Verwunderung. — Nun, Wittwe, wollen Sie mich im Stich lassen?

Sir Lanstong. Und mich auch im Stich lassen, Madame? Ich versichre Sie, Ihrentwegen habe ich eine große Parthey ausgeschlagen. Haben Euer Gnaden Ihre gestrige Erklärung vergessen?

Lady Sanspareil. Gestrige? O Lebensart! Sind Sie so sehr mit der schönen Welt bekannt, und wissen nicht einmal, daß das Frauenzimmer, wie das Quecksilber, nie standhaft wird, bis es todt ist?

Rossel. Nein, es gleicht mehr dem Golde, denn es wird nur durch Schlacken standhaft. (Bey Seite.)

Eilfter Auftritt.
Merital, Helena, die Vorigen.

Helena. Liebe Muhme Sanspareil!

Lady Sanspareil. O! meine Theure, es geschieht mir eine doppelte Gefälligkeit, indem Sie so viel früher kommen, als Sie versprochen hatten.

Merital. Sie können es immer eine doppelte Gefälligkeit nennen, Madame, denn zum Theil haben Sie es Ihrem gehorsamen Diener zu danken.

Lady Sanspareil. Wie so? Helena!

Helena. Ich weis selbst nicht, Muhme; ich war meines alten Vormunds überdrüßig, und darum habe ich einen neuen gewählt.

Merital. Ja, Madame, wir zogen die Kirche der Gerichtsstube vor, um die Kosten zu ersparen.

Lady Sanspareil. O! das war eine sehr lobenswürdige Klugheit — Sie sind also verheyrathet — gut — ich wünsche Ihnen Glück, meine Freunde — (zu Helena.) Allein, wie mich deucht, hätten Sie Ihren Vormund nicht zu Ihrem Erben machen sollen — Kein weiser Mann hat noch je gelitten, daß einem Erben seine eigenen Güter anvertrauet worden sind.

Merital. Nicht eh' bis er zu mündigen Jahren kömmt, Madame; und das sollten die Mannspersonen seyn, wenn sie heyrathen.

Lady Sanspareil. Und das Frauenzimmer auch, sonst wird es nie mündig werden.

Helena. Warum das, Muhme?

Lady Sanspareil. Weil es wahrscheinlicher Weise bald hernach närrisch werden kann. Sie sehen, Mylord! daß ich eben nicht die vortheilhaftesten Begriffe vom Ehestande habe; daraus könt

nen Sie abnehmen, wie gut ich von Ihren Ver=
diensten denken muß, die mich dazu überreden.

Merital. Wollen Sie unserm Beyspiele folgen,
Lady Sanspareil?

Roſſel (bey Seite zu Lord Formal.) Ich kann es nicht
länger ausstehen. Mylord, ist das Heyrathen Ihr
Spiel, so muß der Zweykampf Ihr Prologus seyn.

Lord Formal. He, he, he! Herr Roſſel,
Zweykampf ist gemeiniglich der Epilogus zu diesem
Spiel.

Roſſel. Hohl' der Teufel Ihren Spaß! entweder
gehn Sie mit mir hinaus, oder ich kriege Sie
bey den Ohren.

Lord Formal. Da würden Sie der Gesell=
schaft Ihre schlechte Lebensart sehen laſſen, und
mir eine Gelegenheit geben, meine Galanterie zu
zeigen, indem ich den Schimpf der Gegenwart des
Frauenzimmers aufopfere.

Merital. Pfuy! pfuy! Ihr Herren, keine
Händel.

Roſſel. Zum Teufel, das will ich aber; ich
will ihm meine Geliebte so nicht überlaſſen, Herr!

Sir Canstong. Ich auch nicht; Madame!

wenn Sie mir Ihr Versprechen nicht halten, so müssen Sie erlauben, daß ich Sie verklage.

Lady Sanspareil. Ich habe Ihnen schon gesagt, daß das Versprechen eines Frauenzimmers ein Insekt ist, welches gleich nach der Geburt stirbt.

Zwölfter Auftritt.

Weiserer, in der Kleidung eines Fiscals, mit einem über die Ohren herunter» geschlagenen Hut. Die Vorigen.

Weiserer. Welche ist die Lady Sanspareil, wenn ich bitten darf?

Lady Sanspareil. Was ist zu Ihren Diensten, mein Herr?

Lord Formal (bey Seite.) Dieser Herr muß sehr wenig Lebensart besitzen, sonst würde er nicht mit dem Hut auf dem Kopf vor so guter Gesellschaft erscheinen.

Weiserer. Madame, es betrift eine Sache, die bald so bekannt seyn wird, daß ich keinen Anstand nehme, sie öffentlich zu erklären. Ein gewisser Herr Johann Sanspareil, rechtmäßiger Erbe des verstorbenen Ehemanns von Euer Gnaden, ist Willens sein Recht zu suchen. Ich, als sein Sachwalter, thue Ihnen, aus besonderer Achtung gegen Ihre Person, zu wissen, daß er seine Sache durchsetzen wird, und daß es, wie ich befürchte, am Ende schlecht für Sie aussehen wird.

Lady Sanspareil. Mein Vetter Johann Sanspareil, ein Erbe des seligen Sir Williams! O guter Herr! befürchten Sie meinetwegen nichts. Mir ist bange, daß mein Vetter ein besseres Recht auf das Tollhaus, als auf meine Güter hat.

Merital. Betrüben Sie sich nicht, Madame! der Vorwand eines Rechts ist kein Beweis.

Vermilla. ⎫
Helena. ⎭ Wir bedauern Sie herzlich.

Lady Sanpareil. Ladies, ich danke Ihnen für Ihre Theilnehmung: aber ich versichre Sie, daß es mich gar nicht rührt.

Weiserer. Sie werden Ihren Irrthum gewiß einsehen; mein Schreiber wird gleich mit dem gerichtlichen Befehl der Auswerfung hier seyn.

Lord Formal (bey Seite.) Jezt merke ich die Ursache, warum Ihre Gnaden so sehr mit der Heurath geeilet haben.

Lady Sanspareil. (bey Seite.) Was kann das bedeuten? ich weis, das mein Recht gegründet ist. Das muß ein angestelter Handel seyn. Ich will den Verdruß meiner Freunde dadurch zerstreuen, daß ich bey dieser Gelegenheit meine Liebhaber auf die Probe stelle: gewiß werde ich sie zwendeutig finden. (Laut.) Nun, meine Herren, die meisten Unglücksfälle haben ihren Zusatz; itzt werden mir meine Güter streitig gemacht, und das giebt meinen Liebhabern Gelegenheit, ihre Aufrichtigkeit auszuzeichnen. (Sie sieht den Lord Formal scharf an.)

Lord Formal. He, he, he! ich bin immer so glücklich gewesen, zu der Belustigung der Damen etwas beyzutragen, und Euer Gnaden haben eine unerschöpfliche Quelle von Scherz.

Lady Sanspareil. Scherz? Mylord!

Lord Formal. Ach! Madame, es wäre eine unverzeihliche Eitelkeit in mir, es für etwas anders zu halten. Ich würde gegen alle Regeln der guten Sitten handeln, wenn ich mich erkühnte, meine Person als ein Opfer auf dem Altare Ihrer Schönheit zu bringen. Ach! für ein solches Opfer schickt sich nur ein höherer Titel, als der meinige ist: Ich habe wirklich so etwas vor, und so bald ich

mich

mich völlig entschließe, werde ich mich mit Ent-
zücken zu Ihren Füßen werfen; bis dahin aber bin
ich mit der größten Ehrfurcht, Madame, Euer
Gnaden demüthigster, gehorsamster und unterthänigster Diener.

Roßel. Bey einem so ernsthaften Anlasse ist
aller Spaß sehr unschicklich: liebe Wittwe! ich
versichre Sie also, daß alles, was zwischen uns
vorgegangen ist, bloße Galanterie war, denn ich
bin schon lange mit einer Wittwe aus der Stadt
versprochen.

Sir Lanstong. Um Ihnen zu zeigen, Madame! daß keine Geringschätzung von Ihrer Seite
meine Neigung vermindern kann, so entsage ich
gänzlich allen Ansprüchen auf Ihre Person.

Dreyzehnter Auftritt.

Malvil. Die Vorigen.

Malvil. Wo ist, wo ist meine beleidigte Geliebte? wo ist Vermilia? O! sehen Sie zu Ihren
Füßen den elendesten der Menschen.

Vermilia. Herr, was bedeutet das?

Malvil. Denken Sie nicht, daß ich mein Ver-

L

brechen verringern will; nein, ich will es mit den schwärzesten Farben des Schreckens und des Abscheues schildern: ich will der ganzen Strenge der Gerechtigkeit nicht stehen, nein, ich rufe sie an; denn der Tod ist für mich eine Glückseligkeit. Ach! meines Freundes Blut schreyt Rache über mir! Eifersucht, Wuth, Raserey, und falsche Ehren sind Zeugen wider mich — (Zu Vermilia.) Sie, Madame! muß ich wegen Ihrer beleidigten Unschuld um Verzeihung bitten.— (Zu Lady Sanspareil.) Gegen Sie aber habe ich weit mehr zu verantworten: O! ich habe Sie des besten Geliebten beraubt, der sterbend noch Ihren Namen seufzete — Ja, die letzten Worte, die Ihr Weiserer aussprach, waren ein Gebeth zum Himmel, daß Sie ewig glücklich seyn möchten; das that Ihr Weiserer, den diese rasche, diese unglückliche Hand erschlagen hat. (Lady Sansparell sinkt in die Arme der Vermilia.)

Merital. Helft, helft! sie fällt in Ohnmacht!

Helena. Ein Glas Wasser, den Hirschhorngeist! gleich!

Rossel. Nun, so ist der Bauer todt; he! armer Bauer!

Vermilia. Wie befinden Sie sich?

Lady Sanspareil. O! ich rase; mein wü-
thendes Gehirn wird zerplatzen: segnete er mich
mit seinem letzten Athem? — er hätte mich verfluchen sollen, denn ich allein bin an allem Schuld.
O! wie wild habe ich mit seinem Leben gespielt! —
Nun, nehme, wer will, mein ganzes Vermögen:
der ist todt, dessen Verdienste zu belohnen, ich allein den Reichthum schätzte. — Itzt fahret hin
all ihr Annehmlichkeiten des Lebens, Zufriedenheit,
Größe, Glückseligkeit — Ich will mich bemühen
elend zu seyn —

Weiserer (der sich entdeckt, und auf sie zulauft.) O!
niemals, niemals! seyn Sie so glücklich, als Liebe
und Glückseligkeit machen können — so glücklich,
wie ich itzt bin!

Lady Sanspareil (nach einer langen Pause.) Bist
Du denn mein Weiserer?

Weiserer. Lebe ich, um diese Worte zu hören! O Freude meines Herzens! mein ewiges
Glück!

Lady Sanspareil. Können Sie mir es groß-
müthig vergeben?

Weiserer. O! nennen Sie es nicht; schwören

Sie nur, daß Sie Ihre Worte nie wiederrufen wollen.

Lady Sanspareil. O! hätte ich Welten, Dir zu geben! Alle Glückseligkeit, die ich verleihen kann, ist nichts gegen das, was Deine Liebe verdient.

Weiserer. Mein Herz kann die Entzückungen nicht fassen. O! zärtlichste Freundinn, itzt lebe ich in der That —

Merital. Freund Weiserer! nach so hohen Schwüngen darf ich Dir wohl nicht Glück wünschen, das würde zu niedrig klingen.

Weiserer. Lieber Merital! ich danke Dir — (zu Malvil.) aber hier bleib' ich ein ewiger Schuldner: denn nach dieser Dame, werde ich immer mein Glück Ihrer Freundschaft beymessen.

Malvil. Seyn Sie versichert, ich empfinde eben so viel Vergnügen dabey, als wenn es mein eigenes wäre.

Merital. Ich habe gesehen, daß sich zwey Freunde umarmeten, den Augenblick vorher, da sie sich einander das Herz durchbohrten. Ihr seyd wohl die ersten, die sich nachher umarmen.

Rossel. (schaukmäßig.) Formal!

Lord Formal. Bey meinem Titel, ich bin ganz in Erstaunen vertieft.

Sir Lanstong. Wir sind alle angeführt, beym Henker!

Merital (zum Roffel.) Heinrich! Sieh die Sache von der besten Seite an, ob es Dir schon im Herzen wehe thut — Mylord! was Sie betrift, so kann die Lady noch einmal Wittwe werden, eh' Sie Ihren Titel erhalten — Und mein Freund, Sir Lanstong, hat diesen Morgen so schon einer sehr schönen Dame den Korb gegeben.

Sir Lanstong. Ja, ich hatte zwo Saiten zu meinem Bogen, zwo goldene Saiten, und sie sind beyde gesprungen, zum Henker!

Vermilia. Liebste Freundinn! Ihre plötzliche Glücksveränderung setzt mich so sehr in Erstaunen, daß ich mich kaum genug erholen kann, um Ihnen Glück zu wünschen.

Lady Sanspareil. Nun, Sie werden doch nicht zugeben, daß sich Ihr Freund zum zweyten Mal einschifft, sondern gleich die Reise mit ihm unternehmen, wie ich hoffe?

Vermilia. Wenn ich wüßte, daß meine Reise so kurz seyn würde, wie die Ihrige; allein der

L 3

Ehestand ist eine zu stürmische See, um sich in einem so leichten Boote darauf zu wagen, das jeder Windstoß umwerfen kann.

Malvil. Madame! wenn Ihre Kammerjungfer Ihnen alles entdeckt, so wie sie es mir schon entdeckt hat, so zweifle ich nicht, daß mir Ihr gutes Herz verzeihen wird : denn die Heftigkeit meiner Liebe ist Schuld, daß ich Sie beleidiget habe.

Lady Sanspareil. Nun, wir müssen alle bitten.

Merital. }
Helena. } Alle, Alle.

Vermilia. Gut, um also dem ungestümmen Bitten auszuweichen, und Ihnen zu zeigen, wie mächtig Ihr Beyspiel ist — Herr Malvil, in der Hoffnung, daß Sie sich künftig bessern werden — hier haben Sie meine Hand.

Malvil. O bestes, schönstes Kind! ich habe keine Worte, meine Dankbarkeit, oder meine Liebe auszudrücken.

Vermilia. Lassen Sie uns beyde errathen. Wir haben schon so viele Entzückungen gehabt, es wäre nur eine unnütze Wiederholung.

Lord Formal (bey Seite.) Wenn es umsonst ist, gegen den Strom zu arbeiten, so segeln alle wohl erzogenen Leute mit dem Strom — Ladies! ich bitte um die Erlaubniß, mich unterstehen zu dörfen, bey diesem glorreichen Anlasse mit meinen Glückwünschungs Komplimenten hervorzutreten. Ich muß bekennen, Euer Gnaden! daß es wohl etwas Neues in sich hat; allein, ich zweifle nicht, daß es durch die Sanction einer so hohen und ansehnlichen Person, wie Euer Gnaden sind, mit allen Regeln der vollkommenen guten Lebensart wird übereinstimmend gefunden werden.

Sir Lanstong. Ich bin immer Sr. Herrlichkeit Sekundante. Ladies! ich wünsche Ihnen herzlich viel Glück, auf mein Wort.

Rossel. Und ich auch, Wittwe. (bey Seite.) Der Kerl wird vergiftet, ehe noch der Honigmonat zu Ende ist.

Letzter Auftritt.

Sir Falle, Lady Falle. Die Vorigen.

Sir Falle. O Muhme, ich bin verloren, zu Grunde gerichtet! die Fallen sind mißhandelt, betrogen, geschändet und entehret worden!

Lady Sanspareil. Wie so? Sir Falle!

Sir Falle. Ich bin zu Grunde gerichtet, meine Nichte ist verloren, entehrt worden!

Helena. Das würde mein Schicksal gewesen seyn, wenn dieser würdige Herr nicht in's Mittel getreten wäre.

Merital. Es ist, in der That, mein glückliches Schicksal, der — — —

Sir Falle. So, ist es so? ich glaube daß das Ihr glückliches Schicksal seyn wird (er zeigt auf seinen Hals.) Meine Nichte ist eine Erbinn, und Sie haben sich eines Diebstahls schuldig gemacht, und sollen mit der ganzen Gesellschaft Ihrer Anstifter aufgehenkt werden.

Lord Formal (bey Seite.) Der Herr muß eine barbarische Erziehung genossen haben.

Merital (bey Seite zu Lady Falle.) Madame! wenn Sie wünschen, daß das, was unter uns vorge-gangen ist, geheim bleibe, so —

Lady Falle (zu Merital.) Ich verstehe Sie — Sir Falle! sey ruhig, und überlasse mir die Sache.

Sir Falle. Ich bin stille.

Lady Sanspareil. Ihre Nichte, Sir! ist an einen rechtschaffenen Mann verheyrathet, der sie gewiß liebt — Wenn Sie darüber zürnen, und es ahnden wollen, so werden Sie nicht das Ver-fahren Ihrer Nichte, sondern Ihr eigenes in Ver-dacht bringen.

Sir Falle. Sie sind also vermuthlich ihre Rathgeberinn gewesen?

Lady Sanspareil. Wenn ich das gewesen bin, so können Sie es nicht übel nehmen, denn ich selbst will dem Rath folgen.

Sir Falle. Was! wollen Sie wieder heyra-then?

Weiserer. Sir Falle! ich hoffe in Kurzem Ihr Verwandter zu seyn.

M

Sir Falle. Das iſt mehr, als ich hoffe, Herr! wenn ich nicht vorher Ihren Namen und Ihre Familie kenne —

Weiſerer. Beydes ſollen Sie wiſſen, Sir! mein Name iſt Weiſerer.

Sir Falle. Weiſerer! Weiſerer! Hm, 's iſt ein guter Name — aber ich dächte, daß die Familie erloſchen wäre — Nun, Baſe! es freuet mich, daß Sie keine Schnupftobacksdoſe geheyrathet haben.]

Lady Sanspareil. Um die gute Laune der Geſellſchaft zu vermehren, und da das Mittagseſſen doch noch nicht fertig iſt, ſo will ich Sie alle mit einem Liede unterhalten, das mir von unbekannter Hand zugeſchickt wurde. Iſt der Herr Hm Hm da? Wollen Sie uns die Gefälligkeit erzeigen, meine Herren und Ladies, ſetzen Sie ſich.

Das Lied.

I.

Ihr brittischen Nymphen, deren Augen
Die Welt den glorreichen Vorzug
　　Der Schönheit zuerkennt;
O! hütet sie mit fleißiger Sorg!
Laßt weder Schmeicheley Euch fangen,
Noch Reichthum Euer Herz bethören.

II.

Der alte Bromio wird unter die Stutzer gerechnet;
　　Der junge Cynthio geht einsam daher,
　　Von den Schönen unbemerkt!
Fragt Ihr, woher der Vorzug kömmt?
Der erste mit sechs Pferden fahrt,
Der andre nur mit zwey.

III.

Kauft und verkauft was niedrig ist,
　　Nur Schönheit tauschet nicht um Gold;
　　Bedenket Euren Werth:
Und da die Welt's nicht zahlen kann,
Dem Himmel gleich, schenkt Eure Freuden
　　Der Beständigkeit und Lieb.

I V.

Ihr edlen Mädchen hütet Euch,
Es giebt auch Heuchler für den Himmel,
    Und für die Schönen auch :
Glaubt nicht zu leicht, was jeder spricht;
Prüft jeden, der von Liebe spricht,
    Belohnet nur den Wahren.

Weiserer. Das Lied ist nicht ohne Sitten-
lehre — Jtzt, Ladies! halte ich es für meine
Pflicht, alle Verläumdungen feyerlich zu wiederrufen, mit denen ich Ihr Geschlecht beleidiget
habe : denn ich bin überzeugt, daß unsre Klagen
mehr daher entstehen, weil es uns an Verdiensten, als weil es Ihnen an Gerechtigkeit fehlt.